아홉 마리 금붕어와
먼 곳의 물

안규철의 내 이야기로 그린 그림

아홉 마리 금붕어와 먼 곳의 물

안규철 지음

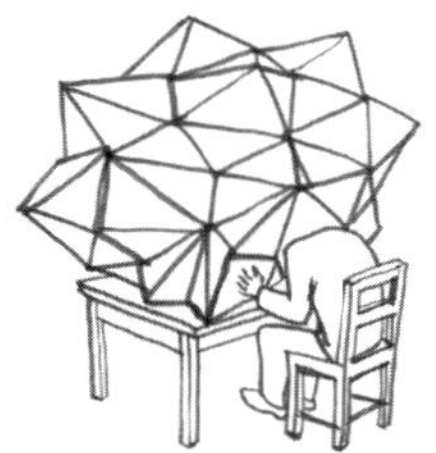

현대문학

차 례

책머리에

이른 아침 책상에 앉아 스케치북을 펴는 것으로 하루를 시작한다. 검정색 표지를 열고 하얀 종이 속으로 걸어 들어간다. 가족들이 아직 일어나지 않은 시간에 한 시간 남짓 글을 쓰거나 그림을 그린다. 대개 한두 페이지를 겨우 채우는데 어떤 날은 단 한 줄도 쓸 만한 생각이 떠오르지 않는다. 그래도 이 일은 하루도 거를 수 없다. 그것이 내가 하는 모든 일의 시작이고 중심이기 때문이다. 새벽의 어스름한 회색빛 속에서 어제를 되새기고 어제와 다른 오늘을 생각하는 것. 이 일은 마당을 쓰는 일과 비슷하다.

이 책은 이렇게 내 스케치북에 올라온 작은 글과 그림들 중에서 지난 4년 동안 《현대문학》에 실린 「안규철의 내 이야기로 그린 그림」을 묶은 것이다. 티끌 모아 태산이라는데, 티끌을 모아보니 여전히 한 줌 티끌에 불과하다. 양숙진 주간님의 한결같은 배려와 격려가 아니었으면 이 글들은 세상에 나올 수 없었을 것이다. 진심으로 감사의 말씀을 드린다. 매월 마감일을 채우고서야 도착하는 원고를 받느라 애써주신 편집부의 윤희영, 구경미 두 분과 직원 여러분께, 그리고 이번에도 과분한 서평을 써주신 이재룡 선생님께 감사의 인사를 드리며, 이제 집을 떠나기 시작한 내 아이들과 집에 남는 아내에게도 고마움을 전한다.

2013년 가을
안규철

1
의자의 안부

「달콤한 내일」, 종이에 먹, 21×29.7cm, 2010

달콤한
내일

누군가가 한 입 베어 먹은 초콜릿을 그린 이 간단한 그림은 20년 전 유학생 시절의 스케치북에 들어 있던 것을 다시 옮긴 것이다. 이런 모양의 초콜릿 제품들이 대개 그렇듯 그 윗면에는 칸칸이 글자가 새겨져 있다. M O R G E N. 모르겐, 독일어로 내일이라는 뜻이다. 물론 그것은 내가 붙인 이름이다. 내일은 언제나 초콜릿처럼 달콤하니까.

그림 속에는 상반된 두 개의 생각이 들어 있다. 한편에는 달콤한 내일의 초콜릿에서 한 조각을 미리 베어 먹으며 쓰디쓴 오늘을 잊고 싶었던 스스로에 대한 자조와 연민이 있었고, 다른 한편에는 내일이 던져주는 장밋빛 약속에 의지하지 않고 현재에 몰입하고자 했던 나 자신에 대한 독한 다짐이 있었다.

이것은 미술가로서 불확실한 내일을 예측할 수 없는 상태로 오늘을 견뎌야 했던 그 시절의 내 모습이다.

그 얼마 뒤에 나는 한 토막의 쇠를 깎아서 이 그림 속 초콜릿과 모서리의 잇자국을 그대로 묘사한 작은 조각품을 만들었다. 얼핏 실물처럼 보이는 그 가짜 초콜릿은 달콤하고 부드러운 내일을 기대하지 않겠다는 것, 더 이상 내일을 뜯어먹으며 오늘을 살 수는 없다는 나 자신에 대한 선언이었다.

내일은 언제나 오늘보다 나았다. 내일이 오면 내가 소망하는 것들이 하나둘 이루어질 것이었다. 갖지 못했던 것을 얻고 도달할 수 없었던 곳에 이르고 나를 괴롭히던 근심과 고통도 내일이면 사라질 것이다. 그런 내일을 위해서 오늘

을 인내하고 희생해야 한다고 우리는 배웠다. 그러므로 오늘은, 말하자면 내일
의 조역, 내일이라는 건물 입구에 붙어 있는 임시 대기실, 어제에서 내일로 갈
아타기 위해 무거운 짐을 이끌고 지나가야 할 연결 통로, 혹은 내일을 먹여 살
리고 꿈꾸게 하기 위해 스스로를 포기해야 하는 가난한 집의 가장이었다. 그
러나 그 내일은 또 얼마나 자주 이런 기대를 저버렸고, 그 약속은 번번이 또
다른 내일로 미루어졌던가.

　돌이켜보니 더 이상 미래에 기대지 않겠다는 그 시절의 다짐이 까마득한
옛일처럼 흐릿하다. 이제 저울의 추가 기울기 시작했다. 그러니 우물쭈물하다
가는 달콤한 내일이 아니라 달콤했던 어제가 나의 오늘을 접수하기 위해 달
려들게 될 것이다. ●

AHN

「잎」, 종이에 연필, 21×29.7cm, 2010

잎

도봉산에 가서 신록의 숲을 사진 찍는다.

그 숲 속의 어느 나무에서 잎 하나를 떼어 주머니에 넣는다.

수유리 미아리 돈암동 삼선교를 거쳐 혜화동까지 오면서

중간중간에 멈추어 서서 주머니의 나뭇잎을 꺼내

멀어지는 산을 배경으로 사진을 찍는다.

멀어질수록 산은 연녹색에서 청회색으로, 그리고

희미한 회색 얼룩으로 변한다. 같은 신록이었던 것이

산과 잎사귀로 갈라서고 있다. 돌이킬 수가 없다.

잎

이것은 내가 미술대학을 마치고 군에 갔다 와서 거의 처음으로 했던 사진 작업에 대한 메모다. 8×10인치 컬러사진 여덟 장으로 되어 있던 원작은 이삿짐 속에서 사라져버렸다. 언젠가 이 작품을 재현해볼 생각으로 2001년쯤에 그 내용을 연필 드로잉으로 옮겨놓은 것이다.

헤아려보니 정확히 29년 전이다. 그때 나는 스물다섯 살의 철없는 예술가 지망생이었고 나를 둘러싼 세상과 나에게 다가올 미래에 대해서는 아무것도 몰랐다. 어느 봄날 주말에 누군가에게서 빌린 니콘 카메라를 둘러메고 버스로 도봉산까지 갔고, 거기서 조금씩 혜화동의 화실로 돌아오며 코닥 컬러필름으로 이렇게 잎사귀와 풍경을 겹쳐놓고 사진을 찍었던 기억이 난다. 그리고 그 무렵에 80년 광주가 있었다. 나는 그 후 여러 해 동안 작업을 하지 못했다. ●

「어둠의 책상」, 종이에 먹, 21×29.7cm, 2010

어둠의
책상

책상 위로 빛 대신 어둠이 쏟아져 내린다. 미세한 어둠의 입자가 전등의 둥근 갓 아래 소리 없이 쌓여, 책을 읽을 수도 없고 글을 쓸 수도 없는 칠흑 같은 어둠의 기둥을 만든다.

어느 날 한낮의 태양이 일시에 정전이 된 것처럼 꺼져버리거나, 서쪽 하늘에 아름다운 노을을 남기며 저물었던 저녁 해가 내일이 오고 모레가 와도 다시 떠오르지 않는, 그리하여 더 이상 오늘도 내일도 없는 영원한 종말에 대한 불길한 상상이 이 소박한 그림의 배경이 되었다.

　책상은 우리가 일을 하는 곳이다. 그 위에 세계를 올려놓고 관찰하고 사유하고 그 세계 속에 무언가를 적어 넣음으로써 우리는 세계에 참여하고 그럼으로써 비로소 일하는 인간이 된다. 그러기 위해서 우리는 집 안에서 가장 밝은 창가에 책상을 두고 밤이 오면 그 위에 전등을 켜 어둠을 밀어내는 것이다. 그러므로 이 그림은 전등이 오히려 어둠을 불러들이고 책상이 일을 할 수 없는 곳이 됨으로써 내가 더 이상 세계에 관여할 수 없게 되는 상태, 세상이 속절없이 저물어가는 상태에 관한 것이다.

1980년대 말부터 1990년대 초까지, 그러니까 나의 미술가로서의 작업이 하나의 윤곽을 갖기 시작한 시기에 유난히 이런 유의 그림이 자주 나왔던 것 같다. 그것은 거대한 세상의 모순 앞에서 실망감과 무력감을 견디기 위해 지어낸 실없는 농담, 애써 담담하게 내뱉은 나 자신만을 위한 혼잣말이었을 것이다. ●

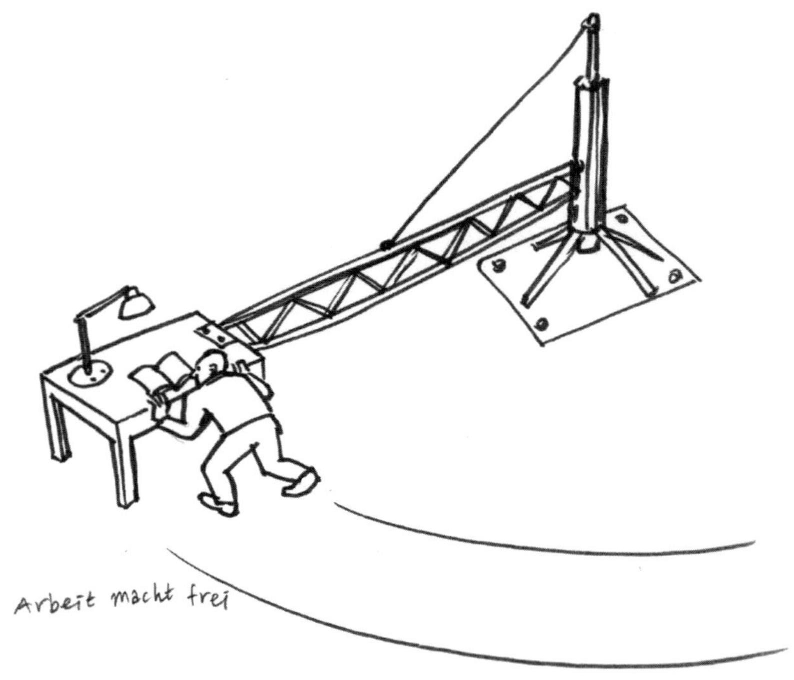

「Arbeit macht frei」, 종이에 먹, 21×29.7cm, 2010

노동이
너희를
자유롭게 하리라

Arbeit macht frei. 노동이 자유를 만든다, 일을 하면 자유로워진다는 뜻이다. 이 단순하고도 의미심장한 문장은 나치가 독일과 동유럽 곳곳에 만들었던 강제수용소에 써 붙인 구호였다. 뮌헨 근교 다하우의 강제수용소 철문에 쇠붙이를 두들겨서 초등학생처럼 반듯한 필치로 써넣은 이 문장을 처음 읽었을 때 가슴이 먹먹해지던 기억이 생생하다. 모든 것을 빼앗기고 수용소에 들어서던 사람들은 두려움과 절망의 눈길을 들어 이 글을 읽었을 것이다. 이제 그들의 삶에서 영원히 지워지게 될 자유라는 단어가 한순간 그들의 입안을 맴돌았을 것이다.

그것은 잔인한 상상력의 소산이었다. 노동을 통해 자유를 찾으라는 이 친절한 권유는 참혹한 운명에 무방비로 노출된 이들을 향한 냉소와 조롱이었다. 그곳에 들어서는 사람들을 기다리는 것은 자유가 아니라 죽음이며, 그들이 해야 할 일이란 오로지 동료와 자기 자신의 죽음을 처리하는 노동이었다. 결국 노동이 아니라 죽음이 그들을 자유롭게 할 것이었다. 그 글을 썼던 자들은 이것을 처음부터 알고 있었다. 인간의 말과 그 안에 담기는 의미가 이처럼 철저하게 어긋날 수 있다는 사실에 할 말을 잃었다.

일자리 창출, 실업 대책이 전 세계적 과제인 이 시대에도 이 구호는 유효하다. 재난과 위기가 일상이 된 세상에서 일만이 우리를 자유롭게 한다. 굶주림과 가난, 질병과 불행에 대한 두려움에서 자유로워지려면 일하는 수밖에 없다. 모든 사람이 일을 찾고, 모든 것이 일을 위해서 행해진다. 젊은 날의 공부는 물론 휴일의 짧은 휴식조차 일자리를 얻고 일을 하기 위한 투자다. 역시 중증의 일중독자인 내 모습을 그린다면 이런 그림이 될 것이다. 나는 끊임없이 일하고 그 일로 인해 자유롭다고 생각한다. 그러다가 문득, 멈춰 서는 순간이 있다. 쳇바퀴 속의 다람쥐, 노역 중의 시시포스가 자신이 하던 일이 무엇이었는지 묻는다. 어떤 날은 전혀 기억이 나지 않는다. ●

「의자의 안부」, 종이에 먹, 21×29.7cm

의자의
안부

　　　여름이 시작된 주말에 뒤늦게 발코니 화분에 심을 모종을 구하러 꽃시장에 갔었다. 토마토나 상추 같은 것들은 철이 지나서 다 들어갔고, 꽃이라고 겨우 백일홍과 채송화 한 판씩을 얻어 와서 분에 옮겨 심었다. 꽃이 작은 대신에 색깔들이 강렬하다.

　　원래 화초를 돌보는 것은 내 적성이 아니다. 물만 제때 줘도 잘 자란다는 화초들을 선물 받아서 제대로 키워본 적이 없다. 아침저녁으로 들여다보고 말을 걸어줘야 한다는데, 나는 무심해서인지 그것들을 인격적인 대상으로 의인화하는 일이 좀처럼 안 되는 것이다.

　이 그림은 1990년에 처음 그렸던 것이다. 7년 동안 다니던 직장을 그만두고 작가가 되겠다고 기약 없이 길을 떠나, 독일의 미술대학에서 작업을 시작하던 시절에 나온 자화상 같은 것이다. 화분 속에서 자라는 이 의자는 두 개의 열리지 않는 문과 함께 「무명작가를 위한 다섯 개의 질문」이라는 설치미술 작품의 일부가 되었다. 예술과 삶의 불화로 인해 고민하던 나의 모습을 사물의 형상을 빌려 표현한다면 이런 모습이 될 거라고 생각했다. 그 이름 없는 예술가는 나무 의자 하나를 화분에 심고 가꾸면서 그 의자가 잃어버렸던 나무의 본성을 기억해내서 다시 자라는 것을 상상하는 사람이었다. 한편에는 의자 속에 들어 있는 죽은 나무를 다시 살려내려는 간절한 소망과 기도가, 다른 한편에는 이 불가능한 도전의 무모함에 대한 회의와 자조가 서로를 바라보고 있다.

그 후 20년이 지나는 동안 그 무명작가는 자신에게 던졌던 다섯 개의 질문에 답하면서 작으나마 하나의 이름을 갖게 되었다. 때때로 그의 불가능한 꿈이 소박하게라도 이루어진 것처럼 보였고, 작가는 무모한 모험으로부터 무사히 귀환한 것에 홀로 안도하기도 했다.

그런데 그 의자는 어떻게 되었을까? 오늘 아침 발코니에서 새로 핀 진분홍빛 채송화를 들여다보다가 나는 문득 그 의자의 안부를 물었다. 내가 그것을 오랫동안 잊고 지냈던 것을 부끄러워하며 의자가 아직도 그 화분 속에 있는지, 그 불가능한 꿈을 포기하고 다시 누군가의 의자로 되돌아가버린 것은 아닌지를 물었다. 아침저녁으로 화초의 안부를 묻듯이 이 질문들이 매일 새롭게 던져졌어야 했다는 생각이 가슴을 친다. ●

「먼 곳의 물」, 종이에 펜, 21×30cm, 2011

아홉 마리 금붕어와
먼 곳의 물

타원형의 긴 탁자 위에 하얀 식탁보가 덮여 있다. 탁자 위에는 맑은 물이 반쯤 담긴 투명한 유리그릇 두 개가 밝은 조명을 받으며 놓여 있다. 식탁보에는 빨간색 비단실로 정교하게 수놓은 아홉 마리의 금붕어가 들어 있다. 금붕어들은 무리를 이루며 식탁을 가로질러 한 방향으로 헤엄을 치고 있다. 물고기들은 마치 한쪽 유리그릇에 담긴 물을 떠나 다른 쪽의 물을 찾아 옮겨 가고 있는 것 같다.

이 그림에서 보는 것을 말로 설명하라고 하면 대개 이런 이야기를 들을 수 있을 것이다. 그런데 여기 그려진 것처럼 아홉 마리 금붕어를 수놓은 식탁보를 전시에 내놓으면서 내가 관람객에게서 기대했던 것은, 거기서 한발 더 나아가 이 물고기들의 기이한 상태에 대해 이야기하는 것이었다. 무리 지어 헤엄

치는 것처럼 보이지만 그 물고기들은 식탁보 위에 붙박여 있으므로 실제로는 단 1밀리미터도 움직일 수 없다. 금붕어로 보이는 그 형상들은 물고기가 아니라, 천의 씨줄과 날줄 사이사이에 점점이 수를 놓아 만들어진 수많은 점들의 집합일 뿐이다. 그런데 어째서 우리는 거기서 물고기를 보고 그것들이 떼 지어 헤엄을 친다고 생각했을까? 어째서 물고기들이 한쪽에서 다른 쪽으로 옮겨 가려는 모양이라고, 그들이 유리그릇 속에 담긴 진짜 물을 그리워할 거라고 그렇게 쉽게 믿어버렸을까? 매끄럽게 다림질된 식탁보 위에 붙들려 있는 이 명백한 가짜 물고기들, 허상들 또는 기호들에게 유리그릇 속에서 찰랑거리는 진짜 물이라는 것이 대체 무슨 의미를 갖는단 말인가? 나는 이런 질문을 통해 관객이 그 아홉 마리 금붕어들과 유리그릇 속의 물 사이에 가로놓인 넘을 수 없는 간극을 보기를 기대했었다. 이미지와 실재 사이, 허구와 현실 사이를 가로지르는 심연에 주목하고 그것의 존재를 확인해주기를 바랐다. 아니, 그렇게까지 되지 않았어도 상관없었다. 그것은 사실은 나 자신을 위한 작업이었기 때문이다.

'먼 곳의 물'이라는 제목을 붙인 이 작업은 내게 하나의 전환점이었다. 1990년 무렵까지 세상 모든 고민을 혼자 다 짊어진 것처럼 무겁고 어둡기만 했던 나의 작업은 여기서 처음으로 깃털처럼 가벼운 상태를 경험했다. 바늘과 자수틀을 붙들고 앉아 이 아홉 마리의 금붕어들을 아주 느린 속도로 하나하나 수놓으면서 비로소 나는 내 작업이 있어야 할 공간을 찾았던 것 같다. 그 무렵에 선생님 한 분이 내게 이런 말을 해주었다. "세상은 끔찍하다. 지구상에서 인간이 흘린 눈물의 총계는 역사 이래 한 번도 줄어든 적이 없었다는 말이 있다. 그렇다고 우리가 계속 울면서 살아갈 수는 없다." ●

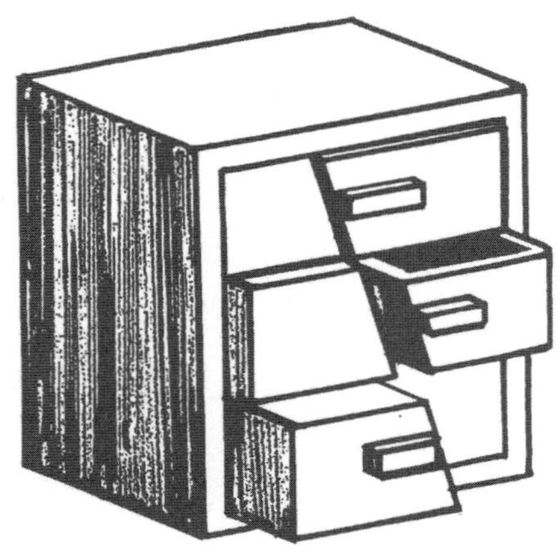

「상자」, 종이에 펜, 30×21cm, 2010

사물을
위한
여백

　　　　　　책상을 만들려면 우선 나무를 구해야 한다. 나무는 세상에 나온 이래 한 순간도 스스로를 나무 아닌 다른 것으로 상상해본 적이 없고 다른 것이 될 수 있다고도 생각해본 적이 없었던 터라, 이 갑작스러운 변신을 순순히 받아들이기 어렵다. 이것은 누군가가 당신에게 갑자기 의자가 되라거나 벽돌이 되어달라고 할 때 당신이 그 요구를 선뜻 받아들이기 어려운 것과 같은 이치다. 받아들이기는커녕 그것이 무슨 뜻인지조차 이해할 수가 없는 것이다. 물론 우리도 살아가는 동안 의자가 되기도 하고 벽돌이 되기도 하는 것이 사실이다. 하지만 이런 일들은 대개 우리의 적극적인 동의 아래 일어나고, 그렇지 않을 경우에는 우리가 의식하지 못하는 사이에 또는 우리가 그 변화를 충분히 수용할 수 있는 긴 시간 동안 은밀하고도 서서히 일어난다. 그리하여 어느 날 거울 앞에서 불현듯 자신이 이미 벽돌이 되어 있음을 깨닫게 될 때, 대부분의 사람들은 당혹감 속에서도 그것을 자신의 운명으로 받아들이는 것이다.

나무가 책상이 되는 과정은 그렇지 않다. 책상으로서의 나무의 미래에 대한 아무런 설명도, 나무의 처지에 대한 아무런 위로의 말도 듣지 못한 채 나무는 갑자기 책상이 되어야 한다. 나무는 달아나려 하고 목수의 손길을 거부하고 저항한다. 사람의 말을 할 줄 모르는 나무는 추위와 비바람 속에서 단련된 질기고 단단한 껍질과 고집스러운 나뭇결로써 자신이 이런 제안을 받아들일 수 없다는 의사를 표명한다. 나무의 저항은 목수의 손을 거쳐 그 고통스러운 변신의 과정이 완전히 끝난 뒤에도 아주 오래 계속된다. 목수의 억센 톱과 노련한 대패와 끌에 의해 산산이 해체되어 원래 나무로서 가졌던 모습을 다

잃어버리고 결국 책상이라 불리는 낯선 형상 속에 갇히는 신세가 된 뒤에도, 나무는 때때로 뜻하지 않은 곳에서 우리에게 날카로운 가시를 내밀어 자신의 오래된 원한을 드러내곤 하는 것이다. 그럼에도 그것은 스스로를 최종적으로 파괴함으로써만 자신의 운명으로부터 벗어날 수 있다.

책상만이 아니라 우리를 둘러싸고 있는 사물들 대부분이 이런 상태에 있다. 그것들은 먼 곳에서 뿌리 뽑혀 이곳에 왔고 원래 모습과는 아무 관계가 없는 다른 형태와 기능 속에 강제로 앉혀져 있다. 그것들은 긴 침묵 속에서 사물로서의 새로운 삶, 또는 새로운 죽음에 적응한다. 우리는 사물들 속에 깊이 새겨져 있을 그들의 체념과 그리움과 원한을 기억해야 한다. 사물들에게도 지난 시간들을 기억하고 추모할 여백을 남겨주어야 한다. ●

2

다섯 개의 질문

「어린 시절 창가에서」, 종이에 먹, 21×29.7cm, 2010

어린 시절
창가에서

나는 또래들보다 한 해 먼저 학교에 들어갔다. 그러느라고 부모님은 호적을 고쳐 내 생일을 일곱 달이나 앞당겼다. 늦게 본 자식을 빨리 키워야겠다는 조바심 때문이었다. 그 덕에 나는 나보다 한두 살에서 서너 살씩 더 먹은 아이들과 학교를 다녔다. 공부가 뒤처질까 걱정이 된 어머니는 이웃에 살던 사범대 학생을 과외 선생님으로 붙여주셨다. 초등학교 1학년짜리에게 독선생 과외를 시키는 건 흔한 일이 아니었다. 선생님은 진한 곤색의 교복 차림으로 우리 집에 왔는데 그때 무슨 공부를 얼마나 했는지 전혀 기억이 나지 않는다. 방 안에 상을 펴놓고 선생님과 마주 앉아 있으면 밖에서 동네 아이들이 뛰어노는 소리가 들렸고, 이 고역에서 풀려날 때만 기다리며 몸을 비틀고 있을 때 어머니가 과일 같은 걸 내오셨던 장면이 어렴풋이 떠오를 뿐이다.

그런데 한 가지 지금도 분명하게 기억하는 일이 있다. 공부 시간에 내가 무슨 잘못을 했는지 벌을 받는 일이 있었다. 그 벌이라는 것이 특이하게도 창문 앞에 의자를 놓고 올라서서 바깥 풍경을 내다보며 설명을 하라는 것이었다. 이를테면 "길 건넛집 빨랫줄에는 빨래가 널려 있고 마당에 해바라기가 피어 있고 해바라기 옆에는 담장이 있고 담장 너머에는 가게가 있고 가게 앞 공터에는 강아지가 낮잠을 자고 있어요……" 하는 식이다. 벌을 받는다기보다는 무슨 새로운 놀이를 하는 기분이었다. 그러나 익숙하게 보아온 세상의 모습을 하나도 빠짐없이 말로 설명하기란 생각처럼 쉬운 일은 아니었다. 더 할 얘기가 없어서 "다 했는데요"라고 말하며 고개를 돌릴 때마다 선생님은 내가 무심코 빼놓았거나 얼버무렸던 것들을 신기하게도 찾아냈다. 보이는 것은 하나도 빠뜨리지 말라는 것이다. 그것은 종이 위에 물감 대신 말로 풍경화를 그리는 일과 같았다.

그때 창가에 서서 그 기이한 벌을 받으며 보낸 시간은 아마 길지 않았을 것이다. 하지만 그 일은 내게 결정적인 사건이 되었다. 나는 세상을 예전과는 다른 눈으로 바라보게 되었다. 그때 나는 처음으로 세상이 하나의 책처럼 읽을 수 있는 대상이라는 것을 알았다. 그 놀라운 책은 읽고 또 읽어도 항상 새롭고 끝이 없었다. 그 젊은 선생님은 물론 의식하지 못했겠지만 내게 그것은 일생일대의 발견이었다. 나는 때때로 또래들과의 놀이에서 빠져나와 세상에 대한 골똘한 관찰자가 되곤 했다. 그리고 그것이 나를 지금의 삶으로 이끌었다. ●

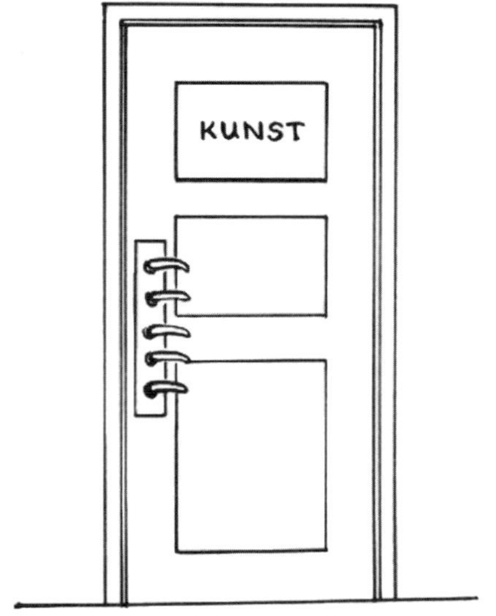

「무명작가를 위한 다섯 개의 질문」, 종이에 펜, 21×30cm, 1991/2011

다섯 개의
질문

미술을 가르치는 것이 내 직업인데 요즘은 이 일이 점점 어렵게 느껴진다. 미술은 계속 변하는 반면 나는 점점 더 나이가 들기 때문이다. 매일 새로운 이름들이 등장하고 잠깐 한눈을 팔다 보면 익숙했던 미술계가 전혀 낯선 곳이 되어 있다. 예전에 유효했던 규칙과 평가 기준은 급속히 효력을 잃어버리고, 무엇이 미술이고 미술이 아닌지조차 불분명해 보인다. 사정이 이러한데 선생이 무엇을 가르칠 것인가. 엄밀히 말하면 학생들에게 이런 환경을 이해시키고 그것에 적응하도록 훈련시키는 것이 선생의 역할일 텐데 그 일이 말처럼 쉽지 않다. 나를 가르쳤던 선생님들처럼 차라리 침묵으로써 가르치는 법을 배워야 할까. 미술이 이렇게 된 데는 물론 나 자신의 책임도 있다. 아니, 나 스스로 이렇게 되기를 바랐다고도 할 수 있다. 이것은 지난 수십 년 동안 우리가 기존의 미적 규범과 관습을 비판하고 해체하는 데 몰두해온 결과이기 때문이다.

닫혀 있는 문에 손잡이가 다섯 개 달려 있는 이 그림은 '무명작가를 위한 다섯 개의 질문'이라는 제목을 붙인 설치미술 작업의 일부분이다. 20여 년 전에 나는 말 그대로 이름 없는 미술가 지망생으로, 답을 알 수 없는 질문들 앞에 속수무책인 상태로 미술의 문밖에 서 있었다. 나는 그 안으로 들어가기를 열망하였지만 문은 다섯 개의 손을 가진 사람만이 열 수 있을 만큼 단단히 잠겨 있었다. 무쇠를 두드려 만든 다섯 개의 손잡이는 이 문을 통과하기 위해 내가 풀어야 할 스핑크스의 질문들이었다. 고뇌의 시간들이 가고 어느덧 나는 도저히 열 수 없을 것 같았던 문을 열고 미술 속으로 들어왔다. 다섯 개의 질문들에 대답했다고 생각했다. 그러나 이제 돌이켜보니 내 앞에는 계속 또 다른 질문들이 던져지고 있다는 것이 분명해졌다. 문 하나를 어렵게 통과하고 나면 거기에는 새로운 닫힌 문들이 있었다. 나 스스로 그 문들에 다가가서 그 낯설고 불가능한 질문들에 대답하지 않는 한, 한 발짝도 앞으로 나아가지 못한다. 미술가가 된다는 것이 이런 일이라는 것을 생각하니 가르치는 것이 점점 더 어렵다. ●

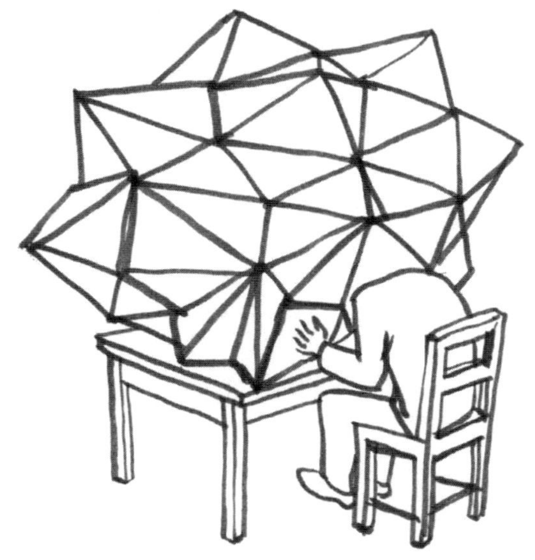

「고백용 가구」, 종이에 먹, 21×29.7cm, 2010

자기 고백을
위한 가구

운전을 하면서 무심코 라디오를 켜면 청취자가 보낸 편지를 읽어주는 방송 프로그램이 의외로 많다. 우스꽝스러운 실수담과 눈물겨운 고생담으로부터 누군가에 대한 뒤늦은 사과나 용서, 자신에 대한 회한과 다짐, 심지어는 공개적인 사랑 고백에 이르는 숱한 '사연'들이 전국의 청취자들에 의해 끊임없이 쓰이고 전국적으로 낭독된다. 그 대부분이 라디오방송이 들려주는 유행가 가사처럼 평범하고 상투적인 이야기들이라 할지라도, 이 독특한 현상은 청취자가 참여해서 함께 만드는 방송이라는 슬로건이 빈말은 아니라는 것을 보여주고 있다.

한 가지 의문은 어째서 이 많은 사람이 만인 앞에 자신의 사적인 이야기를 털어놓고 싶어 하느냐는 것이다. 방송국이 나눠주는 잡다한 사은품 때문만은 아닐 것이다. 고백은 그들에게 보다 더 근원적인 만족감, 자신의 인생이 남들에게 인정받았다는 느낌을 가져다준다. 감춰둔 자신만의 비밀을, 미처 말할 수 없었던 슬픔과 괴로움과 상처와 자기 연민을 남들에게 털어놓는 순간, 그 솔직한 고백이 방송으로 낭독되는 순간, 그들의 삶은 방송 진행자가 인정한 삶, 전국의 청취자가 공감한 삶이 될 수 있다. 그것은 누군가의 고백이 소비되는 순간이다.

그러나 고백은 공허한 삶에서 의미를 찾으려는 절박한 몸짓이다. 고해성사나 심리 상담처럼 고백을 통한 삶의 긍정을 제도화한 형식들이 있다. 그러나 신에 대한 믿음도 없고 자신의 존재를 타인에게 기대고 싶지 않은 사람에게도 자기 고백이 필요하다. 그런 사람들 중에서 어떤 이들은 자신만의 독특한 고백의 형식을 만들고, 우리는 이들을 예술가라고 부른다. 이것은 이런 사람들의 고백을 위한 가구이다. ●

「Alles hat seine Stunde」, 종이에 연필, 21×29.7cm, 2013

모든 것에는
때가 있다

하늘 아래 모든 것에는 때가 있다. 태어날 때와 죽을 때가 있고, 심을 때와 거둘 때가 있으며, 지을 때와 부술 때가 있다. 돌을 던질 때와 모을 때가 있고, 침묵할 때와 말할 때가 있으며, 사랑할 때와 미워할 때가 있다…….

오래된 서류철을 뒤지던 중에 이 글이 나왔다. 20여 년 전 한 친구가 독일어로 타자를 쳐서 보내주었던 글이다. 빛바랜 종이 위에 타자기가 남긴 요철이 그대로 남아 있다. 거기에는 여전히 사람의 마음을 움직이는 힘이 있다. 그때는 이 글이 전도서의 한 구절이라는 것도 몰랐다. 기약 없던 유학 시절에 일종의 격려의 뜻이었을 것이다. 언젠가는 구할 것이니 묵묵히 때를 기다리라는 말을 그 친구는 하고 싶었으리라. 내게 그 시절은, 말하자면 씨를 뿌리고 침묵할 때, 잃어버리고 내려놓아야 할 때였다.

모든 것에 때가 있다는 말은 우리 앞에 주어지는 시간을 둘로 나눈다. 마치 오른손과 왼손처럼, 낮과 밤처럼 나뉜 시간 앞에서 우리는 해야 할 일과 하지 말아야 할 일을 구분한다. 지금은 때가 아니기 때문에 하지 못하는 일이 있다면 언젠가는 다시 그 일을 하게 되는 때가 온다. 밤이 지나면 새벽이 오듯이 이 시간이 가면 다른 시간이 반드시 올 것이다. 그러니 우리는 기다리는 법을 배워야 한다.

그러나 이 지혜로운 가르침은 또한 고단한 현재를 견디고 남들이 규정한 시간에 순응하는 우리의 침묵과 무기력함을 정당화하는 데 쓰일 수도 있다. 그러므로 우리는 누가 이런 '때'를 정하는지를 되묻지 않으면 안 된다. 우리가 지금 무엇을 해야 하고 무엇을 하지 말아야 할지를 정하는 자들, 우리의 현재를 규정하는 자들이 있다면, 예술가들은 지금 부재하는 시간, 아직 오지 않은 시간을 이야기하는 자가 되어야 할 것이다. 그래서 그들은 태생적으로 불온하고 정치적인 것이다. ●

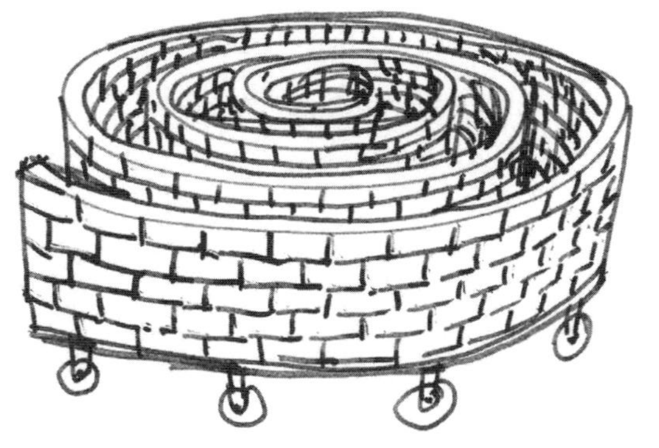

「나선형의 벽」, 종이에 먹, 21×29.7cm, 2011

나선형의
벽

　　내 어린 시절의 기억을 거슬러 올라가면 그 끝에는 천장에서 저 혼자 빙글빙글 돌아가던 나선형의 작은 물체가 있다. 겨우 걸음마를 배우던 시절이었을 터이니 나 스스로도 그 까마득한 시절의 기억이 유독 이렇게 생생하다는 것이 믿어지지 않는다. 은박지 아니면 양철판 같은 가벼운 재료를 오려서 실에 묶어 매달아놓은 일종의 유아용 모빌이었던 것 같은데 이제 확인할 방법은 없다. 어머니는 그런 것이 집 안에 있었는지조차 기억을 못 하셨다.

그것은 내가 누워 있던 자리에서 눈을 뜨면 보이는 위치에 있었고, 실에 매달려서 허공에서 계속 돌아가고 있었다(적어도 내 눈에는 그렇게 보였다). 그 반짝이는 물체의 나선형 윤곽선은 끊임없이 위에서 아래를 향해 돌아 내려오고, 끝에 이르러 사라지나 싶으면 곧 위쪽에서 다시 나타났다. 여기에는 묘한 중독성이 있어서 한번 시선을 빼앗기면 눈을 뗄 수가 없었다. 약간의 현기증과 메스꺼움을 동반하는 알 수 없는 도취 상태가 있었던 것으로 기억한다. 거기서 빠져나오려면 눈을 감아야 했고, 눈을 감아도 그 잔상이 아른거렸다. 그러다가 이내 잠에 빠져들곤 했을 것이다.

이 그림에서 보이는 '나선형의 벽'은 아마 이 최초의 기억과 연관이 있을지 모른다. 처음에는 그저 생각나는 대로 무심코 그려본 스케치였는데, 어느새 이것을 실제로 만들어보지 않고는 견딜 수 없는 지경에 이르렀다. 그 벽은 중심을 향해 말려 들어가는 비좁은 통로를 이루고 있고, 더구나 바퀴 위에 놓여 있어서 소용돌이의 방향을 따라 천천히 회전하고 있다. 비좁은 벽의 틈새를 비집고 들어가 그 중심에 도달하려는 시도는 실패할 수밖에 없다. 그 안 어딘가에 있을 중심은 눈에 보이지 않고 손으로 붙잡을 수 없으며 끊임없이 저 너머의 우리가 다다를 수 없는 곳으로 달아나고 있다. ●

「커튼 뒤에서」, 종이에 연필, 21×30cm, 2013

두려움의
종류

세상에서 사람들이 하는 일들 중에서 많은 부분은 결국 두려움을 다루는 일이다. 의사는 질병과 죽음의 공포를 다루고 변호사는 감옥에 갇히거나 억울한 일을 당하는 두려움을 다룬다. 사제는 죽음 이후의 삶(?)에 대한 공포를, 은행은 파산의 공포를, 헬스클럽은 노쇠의 공포를 다룬다. 두려움은 우리가 딛고 서 있는 바닥이고, 우리가 넘지 못하는 국경이고, 우리의 운명이다.

두려움을 취급하는 사람에게는 전문적인 기술과 자격이 필요하다. 여기에는 여러 등급이 있고, 한 사람의 사회적 위치는 그가 다루는 두려움의 강도에 따라 결정된다. 정치가들이 막강한 권력을 갖는 것은 그들이 다루는 공포가 우리 모두의 개별적이고 집단적인 운명과 관련되는 강력한 공포이기 때문이다.

　그렇다면 예술가들은 어떤 종류의 두려움을 다루는가? 이를테면 소멸과 망각에 대한 공포는 전통적으로 예술가들이 관장해온 두려움의 영역이다. 초상화와 묘지의 장식조각, 그리고 기념비들은 삶이 아무 흔적도 없이 바람처럼 사라지는 것에 대한 두려움, 내가 나 아닌 다른 존재가 되고 버려지고 잊히는 것에 대한 두려움의 산물이다. 예술이 하는 일은 존재의 가장 근원적인 두려움을 다루는 일이다. 그것은 결코 가벼운 일이 아니다. ●

「공항의 사물들」, 종이에 먹, 21×29.7cm, 2010

공항의
사물들

공항에서 사물들은 이름이 있어야 한다. 사전에서 찾을 수 있는 마땅한 이름이 없다면 적어도 그 용도가 무엇이라거나 어떤 범주에 드는 물건이라는 것이 설명될 수 있어야 한다. 그렇지 않은 것들은 공항 검색대를 통과하기 어렵다. 그러나 세상에는 이렇게 분명한 물건들만 있는 것은 아니다. 이름이 없는 것, 여러 개의 이름이 있는 것, 이름이 계속 바뀌는 것, 이름과 그것이 지칭하는 사물 자체가 전혀 연관성이 없어 보이는 것, 아무런 실질적인 용도가 없는 것, 용도가 무엇인지를 아무도 더 이상 기억하지 못하게 된 것, 경계선에 걸쳐 있어서 어느 범주로도 딱히 분류하기 어려운 것, 상식 밖에 있는 것, 말로는 도저히 설명할 수 없는 것, 그래서 그 앞에서는 침묵할 수밖에 없는 것들도 있는 법이다. 세상에는 오히려 이런 사물들이 더 많을지도 모른다.

공항의 검색 담당자들은 이런 것들을 처리하느라 어려움을 겪는다. 자신들이 행여 이런 것들을 그냥 통과시키고 있지 않나 싶어 늘 신경이 곤두서 있다. 그럼에도 그들은 여행객의 짐 속에서 이런 물건들을 발견했다고 해서 불쾌해하거나 심지어 그 주인을 비난할 이유가 전혀 없다. 바로 이처럼 모호하고 이름 없는 사물들이 있기 때문에 그들도 거기 있는 것이다. 그것들을 가려내어 공항 안으로 들어가지 못하게, 또는 공항 밖으로 나가지 못하게 막는 것이 그들의 직업이다. 그것들이 없다면, 그래서 세상의 모든 사물이 뚜렷한 이름을 가졌다면 그들 대부분은 일자리를 잃게 될 것이다.

공항은 사람과 사물을 무해한 쪽과 유해한 쪽, 반출입이 허용되는 것과 금지된 것, 명료한 것과 불분명한 것으로 나누는 뚜렷한 이분법의 체계를 갖고 있다. 둘 사이의 모호한 중간 지대는 있을 수도 없고 있어서도 안 된다. 그것은 공항을 이륙한 비행기에게 오직 두 가지 가능성, 즉 무사히 공항에 착륙

(목적지든 출발지로 되돌아오든 간에)하거나 아니면 어딘가에서 사고로 추락하거나의 가능성만이 있는 것과 마찬가지다. 공항에서 세계는 이런 체계 아래 명료하게 재구성된다. 공항은 SF 영화 속의 스페이스십처럼 바깥의 현실 세계를 지배하는 우연과 불확실성을 허용할 수 없는 인공적인 세계를 보여준다. 그리하여 많은 것들이 그 세계로부터 추방된다.

따라서 만약 예술이 언어 너머의 세계를 다루고, 세상에 없는 것을 상상하고, 경계를 무너뜨리고, 대립적인 것들 사이의 화해를 추구하는 일이라면, 공항은 역설적인 의미에서 예술가들의 영감의 원천이 될 수 있다. 예술적 영감이 떠오르지 않아서 실망스럽다면, 공항에 그냥 한번 나가보실 것을 권한다. 꼭 여행을 가지 않더라도 말이다. ●

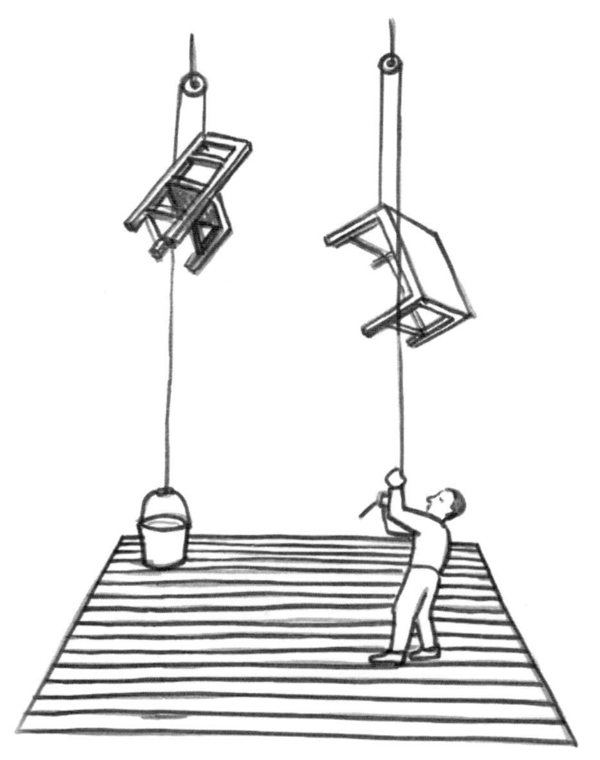

「쥐스킨트의 방」, 종이에 먹, 21×29.7cm, 2010

쥐스킨트의
방

　　『향수』를 쓴 소설가 파트리크 쥐스킨트는 글쓰기를 방해
받지 않기 위해서 자신이 살던 파리의 다락방에 사람들을 들여놓지 않았다고
한다. 그래도 어쩔 수 없이 방문객이 있을 경우를 대비해 천장에 의자 하나를
매달아놓고는 필요할 때만 의자를 끌어 내려 앉혔다는 일화가 있다. 이 그림
은 그의 단편집 후기에 소개되었던 그 이야기를 옮겨 그려본 것이다. 은둔이란
바로 이런 경지를 말한다.

나 또한 오랫동안 은둔자가 되기를 꿈꾸어왔다. 바깥일을 최소한으로 줄이고 사람들과의 접촉을 피하고 나 자신의 일에만 집중하게 되기를, 남들의 평가나 미술계에서의 역할 따위를 다 잊고 내게 주어진 재능과 시간을 온전히 나 자신만을 위해 탕진할 수 있게 되기를 나는 얼마나 간절히 바라왔던가.

　최근에 손바닥만 한 작업실을 하나 마련했다. 볕을 쬐러 나가 앉아 있거나 약간의 화초를 키울 수 있는 마당까지 합쳐서 열 평쯤 된다. 보통 미술가들의 작업실과는 비교할 수 없이 작은 면적이지만 드로잉을 하고 책을 읽을 공간으로는 부족함이 없다. 학교 연구실을 빼고는 이제껏 집 밖에 작업실이란 이름의 공간을 가져본 적이 없었으니 설레는 마음이 없지 않다. 나는 그곳에서 내가 이름 없는 미술가 지망생이던 30대에 경험했던 은둔과 고독의 시간을 되찾아볼 생각이다. 그곳은 나에게 진정한 은둔자의 자질이 있는지를 시험하는 장소가 될 것이다. ●

「나는 무릎으로 생각한다」, 종이에 펜, 21×30cm, 2008

새해 소망

　　해가 바뀌면서 여러 사람에게서 문자메시지로 새해 인사가 날아왔다. 나도 비슷한 내용으로 답신을 보냈다. 이럴 때 상대방에게 건네는 말들은 대개 우리가 잃어버리기 쉽거나 지금 우리에게 없거나 우리가 얻을 가능성이 거의 없는 것들에 관한 것이다. 건강하고 좋은 일만 가득한 한 해가 되라는 말은, 실은 우리가 그런 한 해를 보내는 것이 여간 어려운 일이 아님을 말해준다. 나만 유독 아프지 않고 나만 유독 복을 많이 받고 내가 하는 일들만 형통하고 내게만 기쁜 일들이 연달아 일어날 수는 없는 법이다. 이제까지 그런 해가 없었는데 유독 올해가 그런 해가 될 리도 없다.

그럼에도 우리는 이런 있을 법하지 않은 상태에 대한 소망과 함께 새해를 시작한다. 왜냐하면 우리는 지금 우리에게 넘쳐나는 것을 기원하거나 소망할 수 없기 때문이다. 이를테면 미래에 대한 불확실성으로 가득 찬 한 해가 되기를 소망하거나, 일에 치여서 똑같은 나날이 끝없이 반복되는 한 해가 되라거나 스산하고 비루한 세상을 냉소적인 눈길로 바라보는 한 해가 되라고 기원할 수 없는 것이다. 그것은 인사가 아니라 악담이 되기 때문이다. 그러므로 우리는 이렇게 시작할 수밖에 없다. 지금 우리에게 없는 것, 내 삶에 결여된 것, 이제까지 할 수 없었던 것이 무엇인지를 알고, 그것에 다시 도전하는 것으로 한 해를 시작할 수밖에 없다.

　문제는 내게 가장 절실하게 결여된 것, 내가 소망하여 마땅한 것이 무엇인지를 어떻게 아느냐는 것이다. 가장 흔한 것은 나와 남을 비교하는 것이다. 친구나 동료, 이웃 사람들, 상품광고, 영화나 드라마의 주인공들에게서 내게 없는 것들의 목록을 찾을 수 있다. 상상력을 동원할 필요가 없고 그 목록은 끝이 없다. 그런데 이런 유의 것들로는 도저히 채워질 수 없는 더욱 간절하고 깊은 결핍이 있다. 예술가는 이런 결핍을 느끼는 사람이다. 그리하여 그는 다시금 우리의 삶 저 깊은 곳에 무엇이 결여되어 있는지를 이야기하는 사람이 된다.

　나의 올해 소망은 세상의 일들로부터 한발 물러나 나의 시간을 나 자신을 위해 온전히 낭비하는 것이다. 오래전부터 꿈꾸었으나 한 번도 이루어진 적이 없었기에 더욱 간절한 소망이다. 이 그림에서처럼 수많은 사람들이 글을 쓰고 일했던 책상들의 산더미를 등반하는 데 바쳐지는 한 해가 되었으면 한다. ●

「그러나」, 종이에 연필, 21×30cm, 2011

그러나
그래도
그렇지만

　　　　　　　니콜 크라우스의 소설 『사랑의 역사』에는 지난 일을 회
상하며 습관처럼 '그런데도'라고 중얼거리는 늙은 주인공이 나온다. 그의 일
생을 바꿔놓은 불행한 일들은 이미 오래전에 일어났고 세월은 속절없이 흘러
버렸다. 이제 그가 자신을 위해 할 수 있는 일이라곤 아무것도 남아 있지 않
다. 슬픔조차 너무 오래되어 빛이 바랬다. 그런데도 그는 그 이야기를, 그러니
까 자신의 삶을 그냥 끝낼 수 없다. 마침표를 찍고 과거로부터 돌아서는 대신
그는 안타까움과 회한에 가득 찬 목소리로 이 말을 내뱉는다. "그런데도……."
깊은 탄식과도 같은 이 한마디는 긴 여운을 남긴다.

이와 비슷한 말들, '그러나' '그렇지만' '그래도' '그럼에도 불구하고'와 같은 말들이 얼마 전부터 뚜렷한 이유 없이 내 스케치북에 자주 등장하고 있다. 나는 이것을 좋은 조짐이라고 생각하기로 했다. 왜냐하면 이 말들은 순응과 체념이 아니라 새로운 도전과 가능성을 위한 말이고, 전환과 역설의 말이기 때문이다. 그것은 압도적인 현실과 지배적 흐름에 이의를 제기하고 운명에 도전하는 말이 될 수 있다. 모든 변화와 새로움의 시초에, 그리고 모든 예술의 시작에는 이런 말들이 있다. ●

그러나
그래도
그렇지만

「둘의 엇갈린 운명」, 종이에 연필, 21×30cm, 2012

모방과
착각

A는 B가 아니다. 그런데도 A가 B와 비슷해지는 데는 대개 두 가지 상이한 원인이 있을 것이다. A가 B를 모방하거나, 아니면 A가 스스로를 B라고 착각하는 것이다. 개(A)는 자신에게 먹이를 주는 사람(B)을 모방하여 두 발로 걷거나 앞발을 내밀어 악수를 할 수 있다. 그런데 어떤 개들은 사람들 사이에서 살면서 스스로를 개가 아니라 사람이라고 착각하기에 이른다. 모방하는 A는 자신이 B가 아니고 A임을 알지만, 착각하는 A는 이것을 모른다. 한쪽은 희극이 되고 다른 한쪽은 비극이 된다.

예술가가 되는 것은 예술가 아닌 사람(A)이 예술가(B)를 모방하는 데서 시작된다. 고된 훈련을 통해 A는 B의 상태에 다가가고 결국 스스로 B가 되는 데 성공한다. 문제는 이 상태가 무슨 면허처럼 자동적으로 지속되지 않는다는 데 있다. 잠깐 게으름을 피우거나 자만에 빠져 있는 사이에 예술가는 예술가가 아닌 상태로 되돌아갈 수 있지만, 많은 경우 이 사실을 알아차리지 못한다. 그 결과 한때 예술가였으나 더 이상 예술가가 아닌 사람이 스스로를 여전히 예술가라고 착각하는 현상이 일어난다. 예술가에게 가장 끔찍한 악몽이 이것이다. 이런 상태를 피하기 위해서, 자신이 예술가라고 생각하는 사람은 오늘 내가 무엇을 했기에 예술가인지를 스스로에게 물어야 하는 것이다. ●

「풍경화가들」, 종이에 연필, 21×29.7cm, 2013

매미의
두 인생

긴 장마가 끝나고 무더위가 시작되자 숲은 온갖 풀벌레 소리로 가득하다. 짝을 찾는 곤충들이 저마다 자신의 존재를 알리고 누군가의 마음을 얻기 위해 저렇게 목 놓아 우는 것을 생각하니 실없이 웃음이 나온다. 저 요란한 불협화음 속에서 누가 무슨 소리를 내는지 제대로 식별이나 할 수 있을까. 남에게 인정받아서 자기 존재를 확인하는 일이 저 작은 벌레들에게 어째서 그토록 중요한 것일까. 그러나 이 점에서는 인간 역시 다를 바가 없으니, 암컷의 몸을 빌려 다시 다음 생을 이어가려는 저들의 처절한 노래를 누가 하찮다 비웃을 수 있으랴. 매미의 울음에는 인내와 고독 속에서 전 생애를 보내고 이제 자신의 시간이 다했음을 아는 자의 탄식과 회한이 들어 있다.

　　매미는 알에서 태어나 땅속에서 굼벵이로 5~7년을 산다. 초여름에 지상으로 나와 성충이 되면 수컷은 일주일 정도 짝을 찾기 위해 울다가 죽는다고 한다. 그러므로 그들에게는 전혀 다른 두 개의 생이 있다. 여러 해 동안 어둠 속에서 애벌레로 보내는 느리고 고요한 삶이 있고, 한여름 나무 그늘 아래서 펼쳐지는 부산하고 소란스러운 삶이 있다. 오랜 고독과 기다림의 세월이 있고, 일생 동안 축적한 모든 것을 남김없이 탕진하는 아주 짧은 순간이 있다. 땅속에서의 침묵과 기다림의 세월에 비해 땅 위에서의 시간이 너무 짧아서 사람들은 이런 매미의 운명을 안타까워한다. 하지만 과연 둘 중 어느 쪽이 그들에게 더 나은 시간인지 우리는 알지 못한다.

예술가의 삶도 이와 다르지 않다. 무대 위에서 조명을 받는 짧은 순간이 있다면 어둠 속에서 깊은 외로움과 거듭되는 실패와 남에게 털어놓을 수 없는 불안을 감수해야 하는 오랜 세월이 있다. 무릇 예술가들에게 주어지는 경의는 바로 이에 대한 보상이고, 그럼에도 불구하고 짝을 찾지 못하는 매미처럼 실패할 수 있음을 받아들이는 용기에 대한 존중이다. ●

「자전거 바퀴를 이용하는 다른 방법」, 종이에 연필, 30×21cm, 2013

다른 방법

침묵은 말을 하는 다른 방법이다.

말은 소리를 지르는 다른 방법이다.

노래는 소리 내어 우는 다른 방법이다.

시는 비명을 지르는 다른 방법이다.

그러면 조각은 무엇의 다른 방법인가?

어쩌면 눈물을 감추는 다른 방법, 돌이 되는 다른 방법,

망각의 바다 너머로 띄워 보내는 어설픈 뗏목,

유리병 속의 편지. ●

3

모래의 힘

「먼지」, 종이에 먹, 29.7×21cm, 2010

먼 지

아침에 일어나면 청소부터 한다. 밤새 바닥에 내려앉은 먼지를 대걸레로 닦아내고 쓸어 담는 동안 잠이 깨고 마음이 편해진다. 세 식구가 사는 작은 집 안에서 나오는 먼지는 모아봐야 한 움큼도 되지 않는다. 그래도 먼지는 매일 나온다. 그걸 알기 때문에 하루도 거를 수가 없다.

먼지는 대개 옷이나 이부자리에서 나오는 미세한 보푸라기와 빨래에 남아 있던 세제의 분말, 머리카락, 피부에서 떨어진 죽은 세포, 눈에 보이지 않는 미생물들과 그들의 잔해, 그리고 바람을 타고 집 안으로 들어온 흙먼지나 꽃가루 같은 것들로 이루어져 있을 것이다. 그 성분이 매일 조금씩 다를 테지만 모아놓으면 그것들은 항상 똑같아 보인다. 있는 것과 사라지는 것 사이의 모호한 중간 지대에서 무채색으로 수렴되어가는 애매한 형체. 먼지에는 정해진 색

채도 형태도 없지만, 먼지 특유의 형태감이라는 것은 분명히 있다.

원래 그것들이 무엇의 일부였는지는 더 이상 아무 의미가 없다. 그것들은 이제 원래의 자리에서 떨어져 나왔고, 소속이 없는 모든 다른 것들과 함께 하나의 잠정적인 무리를 형성하고 있다. 같은 처지에 놓인 것들끼리 떼를 지어 몰려다니다가 햇빛 속에서 어지러운 군무에 휩쓸리기도 하고 밤이 오면 바닥에 내려앉아 뒤섞이고 뭉쳐져서 제법 큼지막한 덩어리를 이루기도 한다. 그러나 그것이 무엇이란 말인가. 사물과 인간의 세계로부터 떨어져 나온 이 이름 없는 티끌들이 모여서 태산이 될 가망은 거의 없다.

나는 이 우울한 회색의 덩어리를 방구석이나 침대 밑에 방치하는 것이 싫다. 가족들은 나의 결벽증을 이유로 들지만 나는 내가 보통 사람들보다 더 심한 결벽증을 갖고 있다고는 생각하지 않는다. 조각을 전공한 덕에 나는 남들보다 훨씬 많은 흙과 돌과 나무의 먼지를 들이마시며 살아왔다. 내가 먼지를 싫어하는 더 근본적인 이유는 그것이 우리의 운명을 일깨우기 때문이라고 나는 주장하고 싶다. 그것은 언젠가 내 옷이었고 내 살갗이었고 내 책이었다. 그것들은 이제 닳아서 가루가 되었고 돌이킬 수 없이 세계 밖으로 추방되기만을 기다리고 있다. 우리 자신뿐 아니라 모든 기념비와 위대한 책들이 궁극적으로 이 운명을 피해 갈 수 없다. 내가 새벽 어스름에 홀로 청소를 하는 것은 일단 우리를 떠난 것들을, 가장 가까운 곳에서 일어난 이 소멸의 흔적을 지체 없이 저 너머로 보내주고 싶기 때문이다. ●

「남자」, 종이에 펜, 30×21cm, 2010

그리운
맛

나는 미식가는 아니다. 이름난 음식점들을 찾아다니고 계절의 별미를 빠짐없이 챙겨 먹는 미식가의 부지런함과 열정이 내게는 없다. 구내식당 같은 곳에서 평범한 식사를 하는 것에 아무 이의가 없으며 웬만하면 맛에 대해선 비평하지 않는다. 그러나 나는 먹는 즐거움에 무감각하거나 무관심한 사람은 아니다. 다만 까다로운 미각을 일상의 식사에 끌어들이지 않으려 노력할 뿐이다.

그래도 어쩔 수 없는 것이 맛의 기억이다. 이를테면 아주 어렸을 때의 자장면 맛, 곰탕이나 생선구이, 오징어무침 같은 소박한 음식들의 맛을 잊을 수가 없다. 그런데 이제는 어디서도 그런 맛을 찾을 수가 없다. 심지어 내게 그 음식들을 만들어주셨던 어머니마저 이제는 그 맛을 잊으신 것 같다. 요리에 대한 끝없는 탐구심으로 인해 그분은 과거의 맛을 복원하기보다는 텔레비전 요리 강좌 같은 데서 가르치는 새로운 요리를 실험하기를 더 좋아하신다.

나의 식구들은 내가 말하는 그런 맛이란 원래 없었거나 머릿속에서 가공된 거라고 주장한다. 그것은 어떤 음식의 객관적인 맛 자체라기보다는 그 음식을 먹을 때의 상황과 결합된 일회적이고 주관적인 기억이어서, 그 상황을 재현하지 않는 한 그 맛을 재현할 수 없다는 것이다. 게다가 나의 식성과 미각이 40년 전 그대로가 아니기 때문에, 예전과 똑같은 음식이 있다 하더라도 기억 속의 그 맛을 식별해낼 수 없을 거라고 한다.

그러니까 나는 나 혼자만 알고 있는 실체 없는 허상, 신기루, 있지도 않았던 고향을 그리워하는 셈이 된다. 그것들은 시간 속에서 영원히 사라져버렸거나 처음부터 있지도 않았다. 그것들이 그립다고 고백하면서 이런 반박에 마주칠 때, 나는 보이지 않는 신의 존재를 무신론자들 앞에서 증언해야 하는 사람의 심정을 이해할 수 있을 것 같다. 인간은 타인의 기억 속으로 들어갈 수 없다.

「forget me not」, 종이에 펜, 30×21cm, 2010

두려움에
대하여

생선에 가시가 있듯이 조개에는 껍질이 있다. 자칫하면 잡아먹히는, 위험하고 적대적인 환경에서 살아남기 위해 물고기가 몸속에 날카로운 가시를 키우는 것처럼, 조개는 자기 몸 밖에 돌처럼 단단한 껍질을 만든다. 그것들은 포식자에게 잡아먹히는 최후의 순간에도 순순히 속살을 내주지 않고 저항하며 상대에게 치명적인 보복을 가하기도 한다.

조개껍질을 열어보면 그 안에는 터무니없이 작은 살덩이 하나가 들어 있다. 보잘것없고 연약한 이 생명체는 광막한 바다 밑바닥의 어둠 속에서 혈혈단신으로 여러 해 동안 그 외로운 은신처를 만들었다. 조개의 삶은 밖에서 수집한 무기물질을 가지고 자기 몸집보다 훨씬 크고 딱딱한 껍질을 주변의 돌멩이들과 흡사한 모양으로 만드는 데 온전히 바쳐진다. 조개껍질은 그 주인이 두려움과 고독으로 가득했던 이 작은 동굴에서의 삶을 마치고 형체 없이 사라진 뒤에도 오랫동안 무슨 기념비처럼 세상에 남는다. 그것들은 스스로를 약탈당하는 데 대한 두려움의 기념비, 소멸에 대한 공포가 만들어낸 화석이라고 해야 할 것이다.

인간의 처지도 이와 크게 다르지 않다. 우리가 두려워하는 대표적인 포식자는 자연재해와 사고, 전쟁과 범죄, 온갖 종류의 질병과 가난이다. 언제 우리를 덮칠지 모르는 불행과 불운은 주위에 넘쳐나고, 실시간 생방송으로 중계되고 있다. 우리의 삶은 이 위험하고 적대적인 환경에서 살아남기 위한 단단한 껍질, 안전한 은신처를 만드는 데 온전히 바쳐진다. 보험에 들고 정기검진을 받고 종교에 의지하고 부동산에 투자한다. 그러나 이 모든 위협들을 무사히 피한다 해도 우리가 끝내 피할 수 없는 적대자가 있으니 그것은 시간이다. 시간은 우리를 늙고 병들게 하고 결국 세상 밖으로 내보내 잊히게 만든다. 이 최종적 소멸의 운명 앞에서 사람들은 필사적으로 다른 사람들의 기억에 매달린다. 스스로 기념비가 되거나 책 속으로 걸어 들어가기를 꿈꾼다. 우리는 궁극적으로 하나의 이야기가 되고자 하는 것이다. ●

「노점」, 종이에 연필, 20×30cm, 2012

유리병 속의
편지

8년 전 세상을 뜬 미술가 박 모(1957~2004)는 지피에스 위치 추적용 발신기를 작은 병 속에 넣어 태평양에 띄워 보낸 적이 있다. 발신 장치에서 나오는 전파 신호는 인공위성을 통해서 망망대해를 표류하는 그 병의 위치를 알려주었다. 며칠 뒤에 배터리가 소진되어 신호가 끊겼고 유리병은 태평양 어딘가에서 영원히 사라져버렸다. 남은 것은 그것을 바다로 떠나보낼 때 찍은 무심한 푸른 바다의 사진 한 장, 그리고 이 작업을 구상할 때 그린 간단한 연필 드로잉 한 장뿐이다.

그것은 얼핏 보면 바다 건너의 누군가에게 언젠가 전해지기를 기대하며 사람들이 바다에 던지는 유리병 속의 편지와 비슷하지만, 애초부터 다른 사람에게 그런 식의 메시지를 전하겠다는 의도 자체가 없는 점이 다르다. 그것은 오히려 태평양 한복판에서의 실종을, 우리가 사는 이 세상으로부터의 결연한 퇴장을 목표로 한다. 지피에스는 여기서 이 유리병이 인공위성으로도 추적될 수 없는 지점으로 넘어갔음을 입증하기 위한 장치이다. 이 작업을 발표하고 나서 얼마 뒤에 작가 역시 홀연히 세상을 떠났다.

이것은 대서양으로 작은 보트를 타고 나가서 돌아오지 않은 네덜란드 작가 바스 얀 아더르와 비슷한 유형의 자발적 실종을 보여준다. 그 주위에 있던 사람들은 남겨진 자, 살아남은 자, 그 단호한 결별의 대상이자 증인이 된다. 나는 작가의 실종 자체가 예술적 행위가 되는 이 강력한 퍼포먼스 이후에 무엇이 더 가능한가? 하는 질문을 떨쳐버릴 수가 없다. 5월에는 그의 기일이 있다. ●

「접시의 운명」, 종이에 연필, 20×30cm, 2012

보이지 않는
작품

이것은 어떤 미술 작업에 대한 설명이다. 미술이 통상 작품과 작가와 관객이라는 세 요소로 이루어진다면, 이 작업에서는 결과물로서의 작품 자체가 보이지 않고, 그것을 만든 작가의 존재가 모호하며, 관객에게 지정되는 자리가 없다. 행위와 생각만 있는 최소한의 작품, 아무도 볼 수 없고 소유할 수 없으나 분명히 존재하는 작품.

먼저 악기 하나를 구한다. 하모니카나 실로폰처럼 간단한 것으로 시작할 수도 있다. 그 악기로 자신이 가장 좋아하는 곡 하나를 찾아서 연습한다. 음악 전공자가 아닌 이상 그 연주가 초보자의 수준을 벗어나기 어렵다는 것은 예상해야 한다. 그러나 그 점은 중요하지 않다.

연습이 충분하다고 판단되면 어딘가에서 그 곡을 끝까지 연주한다. 연주를 들어줄 누군가가 꼭 있어야 하는 것은 아니다. 연주를 마친 다음, 악기를 해체한다. 나사를 풀고 연결 부분을 분리하고, 필요하다면 도구를 사용해서 절단할 수도 있다. 분해된 악기의 부속들을 가지고 밖으로 나가서 자신이 살고 있는 도시 곳곳에 하나씩 버린다. 보물찾기를 준비하는 사람처럼 가장 멀리 떨어진 곳에서 가장 눈에 띄지 않는 구석을 찾아, 분해된 파편들을 틈새에 끼워

넣고, 가능하다면 시멘트 모르타르 같은 것으로 봉인한다. 이 과정은 한나절 만에 간단히 끝날 수도 있고 몇 달에 걸쳐 느리게 이루어질 수도 있다. 이렇게 모든 파편들이 사라지면 이제 작업이 끝났다고 할 수 있다. 다시는 재현될 수 없는 하나의 노래가 이 도시 속에 흩어져 있다. 그렇게 우리는 들리지 않는 노래를 듣고 보이지 않는 그림을 보게 될 것이다. ●

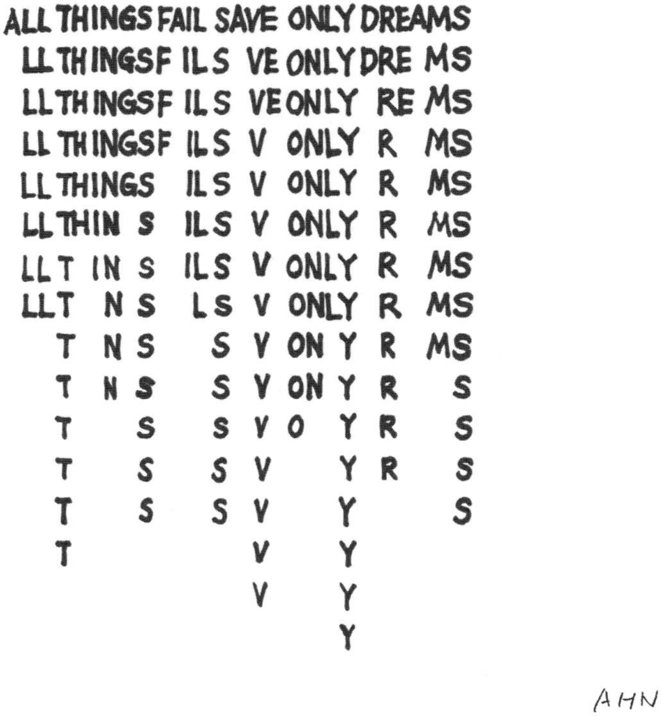

AHN

「꿈을 제외한 모든 일은 실패한다—루스 베네딕트」, 종이에 펜, 21×29.7cm, 2012

대위법

잔글씨가 보이지 않아서 안경을 쓰기 시작한 지 벌써 10년 가까이 되었다. 6개월마다 병원에 가 담당 의사에게 가벼운 잔소리를 들으며 콜레스테롤 약을 받아 온다. 몇 달 전에는 어금니가 있던 자리에 굵직한 나사못을 박아 넣었으며, 이발을 하러 갔다가 권유에 못 이겨 생전 처음 염색이라는 것도 해보았다. 앞으로도 이런 유의 일들이 무수히 일어날 것이다. 느리지만 확실히, 한 시절이 지나가고 있다. 그런데도, 무의식적으로 나는 내 나이가 아직도 스물 몇 살쯤일 거라고 생각한다. 청춘에 대한 흔한 미련 때문에 하는 말이 아니라, 실제로 그렇게 생각한다는 것이다. 그래서 텔레비전에 나오는 정치인이나 관료들이 나보다 몇 살씩 나이가 어리다는 사실을 좀처럼 받아들이기가 어렵다. 행여 '아저씨들'처럼 되지 않으려고 늘 조심하고, '몸이 예전 같지 않다'는 소리를 절대 하지 않는다. 그러나 몸은 자신이 하는 일을 멈추지 않는다. 몸은 그렇게 함으로써 나를 나도 모르는 사이에 다른 사람으로 만든다. 그러므로 나 역시 내 할 일을 하는 수밖에 없다. 몸이 내게 무슨 짓을 하든 나는 내 일을 계속할 것이고, 몸은 몸대로 자기 일을 계속할 것이다. 두 개의 상반되는 일이 나라는 존재 안에서 동시에 일어나는 이런 관계를 모델로 하나의 장면을 떠올려본다.

피아노 앞에 앉은 사람이 어떤 곡을 연주한다. 연주가 진행되는 동안 피아노의 건반이 하나둘씩 없어지기 시작한다. 마치 연주에 화답이라도 하듯이 여기저기서 건반들이 연달아 사라지는데, 그런데도 피아니스트는 자신의 연주를 멈추지 않는다. 건반 하나를 누를 때마다 자기 손가락들 사이에서 흰색과 검은색 건반들이 빠져나가는 것이 당연한 일이라도 되는 것처럼 눈 하나 깜짝하지 않는다. 연주를 계속하려는 노력과 연주를 중단시키려는 노력이, 하나의 철길 위의 두 대의 열차처럼 서로를 향해 돌진한다. 가까스로 연주가 끝나고, 피아노에는 건반이 하나도 남아 있지 않다.

그리고 같은 이야기를 이렇게 구성할 수도 있다. 전시장 한쪽에 피아노가 한 대 있고, 매일 정해진 시간에 피아니스트가 와서 연주를 한다. 연주자는 매일 같은 곡 하나를 연주하는데, 피아노에서는 매일 건반 하나씩이 사라진다. 피아니스트는 이에 개의치 않고 자신의 연주를 계속한다. 날이 갈수록 소리가 나지 않아 건너뛰는 음이 늘어나고 매끄럽던 음률은 점점 더 불규칙하게 흩어진 소음으로 변한다. 음과 음 사이의 정적, 침묵이 조금씩 자신의 영역을 넓혀가고 결국 연주 전체를 점거하기에 이른다. 마침내 모든 건반이 사라지고 피아노에서 처음부터 끝까지 아무 소리도 나지 않을 때까지 피아니스트는 흔들림 없이 연주를 계속한다. 사라진 건반들은 그것이 이 피아노에서 담당했던 음표와 마지막으로 연주된 날짜, 그리고 그것이 이 피아노곡에서 연주된 위치를 보여주는 88장의 개별적인 악보와 함께 사람들에게 발송된다. ●

「모든 것은 바람 속에 있다」, 종이에 연필, 21×29.7cm, 2013

떠나는
사물들

그에게는 유난히 그런 일들이 자주 일어났다. 탁자 위에 올려놓은 물컵이 저절로 바닥으로 떨어져 깨지거나, 쓰고 있던 모자가 느닷없이 바람에 날아가고, 장갑이니 우산이니 안경이니 열쇠고리니 하는 것들은 항상 필요할 때 있어야 할 자리에 있지 않았다. 그의 물건들은 끊임없이 그를 떠나갔다. 그의 주위에는 남아 있는 것보다 사라지는 것이 훨씬 더 많아서 때때로 그는 자신만이 아직 사라지지 않은 것이 이상하다고 생각하곤 했다. 예고 없이 사물들이 사라질 때마다 놀람과 당황스러움, 일방적으로 버림받았다는 분노와 슬픔과 후회가 밀려왔고, 그런 감정을 털어내기 위해 무관심과 과장된 쾌활함이 필요했으며, 이것들의 합계가 그의 평균적인 정서를 이루었다. 사라지는 것은 물론 사물뿐만이 아니었다. 사람들도 그렇게 하나둘 사라졌고, 그들의 빈자리는 당연히 더 커서 도무지 그 공백을 무엇으로 메울지 알 수가 없었다.

그는 이것이 자신의 유별난 불운 때문인지 아니면 세상의 어쩔 수 없는 이치 때문인지 자문해보았다. 아마 둘 다일 것이고, 그러므로 상황은 앞으로도 절망적이었다. 그리하여 그는 자신의 부주의한 습성을 바꾸거나 가능한 한 불운을 피하려 노력하는 대신, 이것을 자신의 어쩔 수 없는 운명으로 받아들이기로 마음먹었다. 사물들은 처음부터 사라지기 위해 등장하고 기록은 소멸되기 위해 작성된다. 자신의 바깥에서만 뭔가가 떠나가는 것이 아니라 그의 안에서도, 그가 자신의 일부라고 믿었던 것들도 끝없이 그를 떠나고 있다. 그렇게 생각하니 지내기가 좀 나아졌다. 사라진 것들에 대한 회한과 애도와 자기 연민으로 그 빈자리를 채울 수는 없다는 것을 그는 이제 알았다. ●

「흩어지면 죽는다」, 종이에 펜, 21×29.7cm, 2013

모래의
힘

사막에서 우리가 할 수 있는 것은 오로지 그곳을 통과하는 것뿐이다. 우리의 발밑에서 사각거리는 모래는 우리가 붙들고 있는 이 모든 형태와 기억과 의미가 결국 그렇게 산산이 부서져 신기루처럼 사라지고 모래바람 속에서 영원히 잊힐 것이라고 속삭인다. 사막은 형상을 거부하는 도상 혐오의 가장 오래되고 급진적인 원형이라 할 만하다. 모래 위에 글을 쓰는 것은 허공에 말을 하는 것과 같다. 모래알들은 아무 저항 없이 그 글을 받아들이지만, 그것은 돌에 글을 새길 때 돌의 저항과는 비교할 수 없이 완강한 거부의 다른 표현이다. 모래 위에 우리는 어떤 글도 쓸 수 있지만 결국 아무것도 남지 않는다. 모래는 부드럽지만 그 어떤 돌보다도 강하다. 모래의 힘은 더 이상 누구에게도 종사하지 않고 그 어떤 의미도 운반하지 않으며 뜨거운 태양

아래서 주어진 자신의 시간과 맞서기로 한 그 단호함에 있다.

내가 이 글을 쓰고 있는 모니터는 모래를 닮았다. 모래알처럼 많은 점들이 모여서 글자가 되고 형태가 되고 의미를 운반한다. 모니터는 내가 무슨 글을 쓰든 저항하지 않고 받아들인다. 나는 그 위에 쓸 수도 있고 지울 수도 있고 그것을 다른 장치에 저장했다가 언제든 다시 불러낼 수도 있다. 물론 그 모래알 같은 픽셀들의 위치가 숫자로 지정되고 관리되기는 하지만, 이들이 언젠가 사막의 모래알처럼 아무것도 남기지 않고 흩어져버릴지는 알 수 없는 일이다. 모니터와 메모리칩은 원래 모래를 녹여서 만든 것이고 그것들은 끊임없이 사막을 그리워할 것이기 때문이다. ●

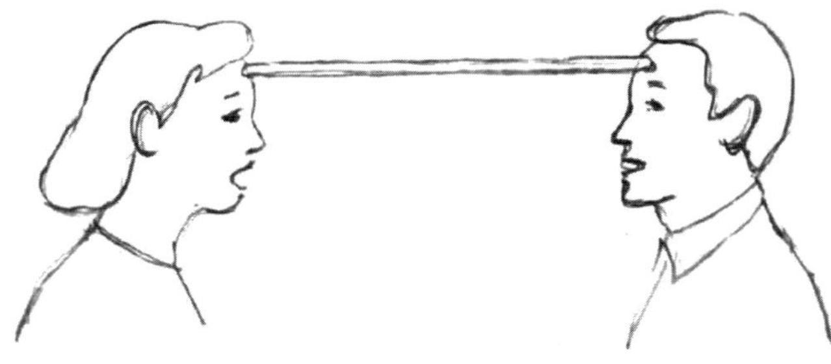

「두 사람의 거리」, 종이에 연필, 21×29.7cm, 2013

이 별

이별이란 말 속에서, 하필이면 우리가 살고 있는 '이 별'을 떠올리고, 밤하늘의 까마득한 저 별들과 나 사이의 거리를 생각하며, 내가 경험했던 그 모든 이별들과 또 앞으로 겪게 될 모든 이별들을 하나씩 헤아리면서 잠이 오지 않는다고 한탄하는 것은 잘못된 습관일 것이다. 별들 사이의 그 절망적인 거리를 꿈결에서라도 건너기 위해서는 필사적으로 잠을 자야 하는 것이다. ●

4

단 하나의 책상

「추락」, 종이에 연필, 24×32cm, 2011

직전의
시간

　　　꽃이 피기 직전, 유리컵이 바닥으로 떨어지기 직전, 아이가 참았던 울음을 터뜨리기 직전, 누군가 첫사랑에 빠지기 직전, 어떤 이에게는 마지막이 될 아침 해가 뜨기 직전, 도무지 이해할 수 없던 어떤 일의 윤곽이 일시에 드러나기 직전, 의사에게서 주변을 정리하라는 말을 듣기 직전…….

　지금 이 순간은 항상 이런저런 일들이 일어나기 직전의 순간이다. 일들은 아직 일어나지 않았고, 이제 막 일어나려 하거나, 언제든 일어날 수 있는 상태에 있다. 따라서 우리는 아직 어떤 일이 일어나지 않은 시간 속에서 살고 있다고 할 수 있다. 한 가지 일이 끝나는 듯하다 곧바로 다른 일이 일어나고, 이런 상태가 끝도 없이 반복된다. 현실의 삶에는 영화에서와 같은 '끝'이 없다.

그런데 만약 이런 일들이 예상한 것처럼 일어나지 않는다면, 그리고 그런 상태가 무한정 지속된다면, 그리하여 결말이 유보되고 모든 가능성이 그냥 열려 있는 상태가 계속된다면 어떻게 되는가? 피어야 할 꽃들이 피지 않고, 탁자에서 떨어질 것 같은 유리컵이 떨어지지 않고, 울음을 터뜨릴 준비를 마친 아이가 울지 않고, 아무도 첫사랑에 빠지지 않고, 해가 뜨다가 말고, 세상이 영원히 걷히지 않는 짙은 안개 속에 있고, 자신의 운명을 자기 혼자만 모르는 상태가 지속된다면 어떻게 되는가? 누군가의 말처럼, 만약 아무 일도 일어나지 않는다면 대체 우리에게 무슨 일이 일어나는가?

우리에게 매일같이 일어나는 일들과 우리가 끊임없이 생산해내는 판에 박힌 이야기들을 지켜보다가 이런 실없는 생각을 하게 되었다. 이 모자 그림은 지금 진행하고 있는 영상 작업의 스케치이다. 그것은 허공에 던져져서 끝없이 아래로 추락하는 중절모의 모습이다. 추락하고 추락하고 또다시 추락하지만 그 모자는 영원히 땅에 닿지 않을 것이다. 허공에 던져진 모자가 땅바닥으로 떨어지는 예정된 결말이 제거됨으로써, 결국 아무 일도 일어나지 않는 공회전 상태가 끝없이 이어지는 영화, 어떤 극적인 요소도 들어 있지 않은 이야기를 만들어보려는 것이다. ●

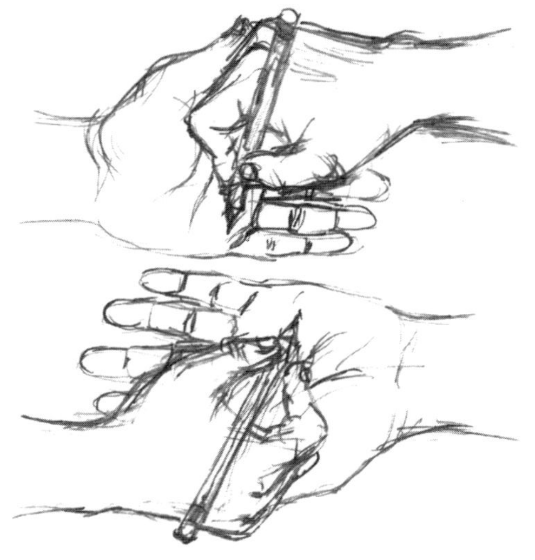

AHN

「필담」, 종이에 연필, 21×30cm, 2011

필 담

두 사람이 마주 앉아서 서로의 손바닥에 뭔가를 써넣고 있다. 공기를 매개로 하는 말이나 종이를 사용하는 글이 아니라 몸이 상대의 몸에 직접 무엇인가를 전하고 있다. 공기도 믿을 수 없고 종이도 믿을 수 없다. 몸 자체를 메시지의 매개체로 만드는 것, 상대방의 몸에 접속하여 직접 메시지를 입력하는 것이다. 사람에게는 손이 둘밖에 없으므로 왼손은 상대에게 순순히 맡겨서 상대가 보내오는 신호를 수신하고 오른손을 움직여서 상대의 왼손바닥에 자신의 대답을 적어 넣는 것이다.

　어떤 매개체도 중간에 끼어들기를 허용하지 않는 이 직접적 소통의 제스처는 많은 것을 연상하게 한다. 이를테면 어렸을 때 어머니의 손길, 풋내기 연인들의 수줍은 속삭임, 남녀 간의 농밀한 육체적 접촉, 남의 눈을 피해 이루어지는 비밀스러운 거래, 생명이 꺼져가는 가족의 손을 붙잡고 침묵 속에서 나누는 마지막 대화 같은 것들이 그렇다. 우리의 몸은 누군가가 직접 써넣은 메시지들을 기억하는 하나의 책이고 또 누군가에게 기억될 메시지를 전하는 메신저다.

사람이 각자 하나의 세계이고 우리의 인연이 그저 우연일 뿐이라면, 우리
가 이렇게 손을 맞잡는 것은 서로 다른 두 지구의 지평선이 하나로 겹쳐지는
일이다. 그것은 흔하고 사소한 일이지만 그만큼 절박하고 안타깝고 기적적인
일이기도 하다. 그러므로 이제 물어야 할 것은 우리가 이 극적인 순간에 상대
방에게 과연 무슨 말을 전하느냐 하는 것이다. ●

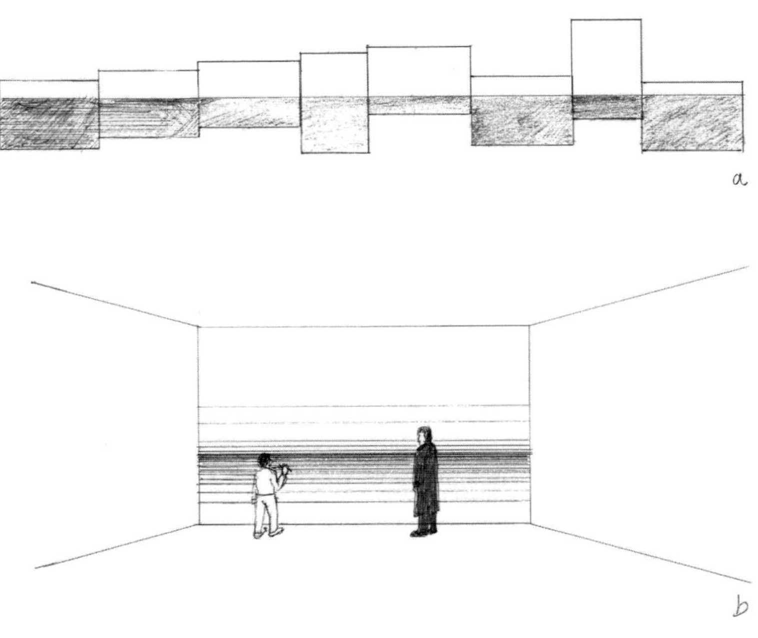

「마음속의 지평선」, 종이에 연필, 30×25cm, 2012

마음속의
지평선

지평선은 실재하지 않는다. 우리에게 지평선으로 보이는 그 아득한 지점에는 그런 선이 없다. 그것은 우리의 마음속에 있는 선이다.

사람이 각자 그 자체로서 이미 하나의 세계라면, 그 각각의 세계에는 또한 각각의 지평선이 있을 것이다. 그러므로 두 사람이 만난다는 것은 서로 다른 두 개의 지평선이 맞닿는 일이 된다. 어떤 지점에서는 두 세계가 겹쳐져 하나가 될 수 있지만, 그 반대편에는 달의 뒷면처럼 영원히 만날 수 없는 또 다른 지점이 있다.

전시장에 오는 관객들에게 연필을 주고 자신의 마음속에 있는 지평선을 그려보라고 한다면 어떻게 될까 생각해보았다. 단순한 하나의 선을 통해서 각자가 살고 있는 세계의 서로 다른 경계선을 드러낼 수 있다면 흥미로운 일이 아닌가. 그것들을 비교함으로써 우리가 사는 세계가 얼마나 서로 다른지를(또는 얼마나 같은지를) 확인해볼 수 있지 않을까. 이런 생각에서 출발해서 다음과 같은 두 가지 작업을 실행에 옮겨볼 수 있다.

첫 번째는 설문 조사를 하듯이 종이 한 장씩을 나눠주고 그 위에 각자 자유롭게 지평선을 그리도록 하는 것이다. 사람마다 다른 그 지평선들의 높이를 맞춰 벽에 나란히 이어 붙이면 재미있는 그림이 만들어질 것이다. (a)

둘째는 전시장의 흰 벽 하나에 관객들이 연필로 각자 자신의 지평선을 그려 넣게 하는 것이다. 시간이 가면 수많은 사람들의 마음속에 있는 평균적인 지평선의 모습이 점차 윤곽을 드러낼 것이다. 그 결과물은 하나의 기념비적인 풍경화가 되기에 부족함이 없을 것이다. (b) ●

「아무 일도 일어나지 않는」, 종이에 연필, 21×29.7cm, 2012

거절당한
사랑
이야기

　　남자 A는 여자 B를 좋아했다. 여자 B는 남자 C를 좋아했다. 남자 C는 여자 D를 좋아했다. 여자 D는 남자 A를 좋아했다. 남자 A는 여자 B에게 결혼하자고 말했다. 여자 B는 남자 C에게 결혼하자고 말했다. 남자 C는 여자 D에게 결혼하자고 말했다. 여자 D는 남자 A에게 결혼하자고 말했다. 남자 A는 여자 D의 청혼을 거절했다. 여자 B는 남자 A의 청혼을 거절했다. 남자 C는 여자 B의 청혼을 거절했다. 여자 D는 남자 C의 청혼을 거절했다. 남자 A는 여자 B를 좋아하기 때문에 여자 D와 결혼할 수 없다고 말했다. 여자 B는 남자 C를 좋아하기 때문에 남자 A와 결혼할 수 없다고 말했다. 남자 C는 여자 D를 좋아하기 때문에 여자 B와 결혼할 수 없다고 말했다. 여자 D는 남자 A를 좋아하기 때문에 남자 C와 결혼할 수 없다고 말했다. 남자 A는 여자 B에게 거절당한 자신을 좋아하는 여자 D를 싫어했다. 여자 B는 남자 C에게 거절당한 자신을 좋아하는 남자 A를 싫어했다. 남자 C는 여자 D에게 거절당한 자신을 좋아하는 여자 B를 싫어했다. 그리고 여자 D는 남자 A에게 거절당한 자신을 좋아하는 남자 C를 싫어했다.

이 이야기는 이쯤에서 끝날 수도 있다. 그러면 '좋아했다'로 시작해서 '싫어했다'로 끝나는, 결국 누가 누구와 결혼을 하는지 알 수 없는 열린 결말의 이야기가 될 수 있을 것이다. 그러나 마치 잠자리에 누워서 양들의 숫자를 세거나 점점 더 복잡해지는 덧셈과 뺄셈을 반복하면서 잠들지 못하는 사람처럼 이 이야기를 한없이 이어갈 수도 있다. 어떠한 교훈도 없고 극적인 긴장도 반전도 결론도 없는, 순수하게 공허를 채우기 위한 이야기. 아무 일도 일어나지 않는 끝없는 기다림의 이야기. ●

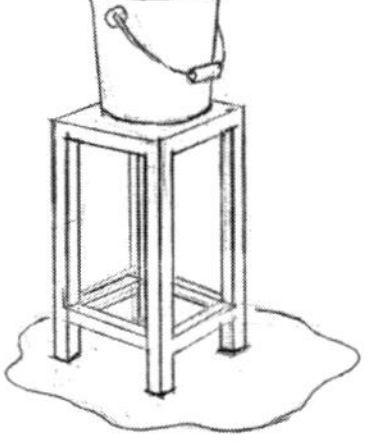

「Where do you go to」, 종이에 연필, 21×30cm, 2011

구름
메시지

가을이 오자 새삼 하늘에 눈이 자주 간다. 비와 먹구름과 찌는 무더위가 짓누르던 여름 내내 땅바닥만 보며 살다가 갑자기 머리 뒤쪽이 허전해 고개를 들어보니 텅 비어 있는 하늘이 무척 낯설다. 무슨 색면파 추상회화처럼 파란 그 하늘은 깊이도 공간감도 느껴지지 않을 만큼 고요하고 비현실적이어서, 가장자리에 구름 몇 점이 떠 있는 걸 보고서야 비로소 그 빈 공간의 엄청난 부피가 현기증 나는 실체로 다가온다. 하늘을 그리기가 쉽지 않다는 것은 그려본 사람만이 안다. 하늘은 아무것도 없는 허공이고 허공에는 아무것도 그릴 것이 없기 때문이다. 종이나 캔버스 또한 텅 빈 허공이므로,

하늘을 그린다는 것은 허공 위에 또 하나의 허공을 겹쳐놓는 일이 된다. 결국 우리는 구름이나 새, 비행기나 지평선같이 하늘 아닌 것들을 그려놓고 하늘을 그렸다고 말할 수밖에 없다.

구름은 매 순간 변한다. 지금 내가 보는 것과 똑같은 구름은 내 일생에서 다시는 볼 수 없다(구름을 너무 오래 바라보는 것은 이런 생각을 불러오기 때문에 위험하다). 그러니 전형적인 구름이란 것이 있을 리 없다. 양떼구름, 새털구름, 뭉게구름 따위의 이름이 있긴 하지만 각각의 구름은 모두 다르고 그 속에서 사람들은 저마다 다른 것을 본다. 거기에는 여러 가지 동물의 형상도 있고 그리운 사람의 얼굴도 있을 것이다. 나는 구름 속에 혹시 내가 읽을 수 있는 단어나 문장이 없는지 찾아본다. 파란 하늘색 액정 화면 위에 누군가 띄워놓은 하얀 문자메시지가 구름처럼 뭉쳤다가 속절없이 사라져버리는 모습을 상상한다. 일요일인 오늘 아침 식탁에서 잠시 넋을 놓고 서울의 가을 하늘을 바라보던 나는 한 무리의 구름들에서 옛날 노래 한 소절을 읽었다. Where do you go to, my lovely, when you are alone in your bed? ●

「구름」, 종이에 펜, 20×30cm, 2012

구름이나
한 점

구름에는 정해진 모양이 없다. 양떼구름이니 새털구름이니 하는 이름을 붙여 구름의 유형을 분류하려 드는 것은 구름의 본성을 무시하는 것이다. 구름에는 우리가 알고 있는 어떤 사물의 형태를 닮으려는 의지가 없다. 한 점의 구름은 지금 이 순간에 처음이자 마지막으로 그곳에 있으며 다시는 되돌아오지 않는다. 언젠가 본 듯한 구름은 우리가 보았던 그 구름이 아니다. 구름은 형태가 되기를 거부하는 끊임없는 변화의 과정이다. 세상에는 완전한 구름도 없고 불완전한 구름도 없다.

그래서 나는 구름을 만들어보기로 했다. 정해진 형태가 없으므로 이렇게도 만들 수 있고 저렇게도 만들 수 있을 것이다. 아무도 그것이 잘되었다거나 잘못되었다고 평가할 수 없을 것이다. 수많은 구름 사진들을 참조하고 수시로 하늘을 올려다보고 석고 모형을 깎고 사포질을 했다. 어떤 것은 감자 같았고 어떤 것은 돌멩이 같았다. 이 작업의 역설은 그 어떤 것과도 닮지 않아야 구름 비슷한 것이 된다는 사실이다. 어쩌면 구름을 만들려는 이 모든 노력은 실패할 수밖에 없을지 모른다. 그것이 형태 아닌 형태를, 다름 아닌 허공을 붙잡으려 하기 때문이다.

구름을 만드는 일은 얼핏 일기예보를 하거나 증권시장에서 주식거래를 분석하는 일과 비슷해 보인다. 그들도 구름을 관찰한다. 날씨를 예보하거나 경기를 전망하는 것은 그렇게 하지 않음으로써 생겨날 손실을 최소화하고, 그렇게 함으로써 얻어질 이익을 최대화하는 데 목적이 있다. 그들에게는 실패가 허용되지 않는다. 반면 구름을 만드는 미술가는 실패를 자초한다. 자신의 실패가 헛되지 않으리라는 불확실한 희망을 품고서. ●

2012.9

AHN

「측량사」, 종이에 펜, 20×30cm, 2012

실패하지 않는 일

우리가 하는 일은 대체로 성공하거나 실패한다. 금연에 성공하거나 실패하고 원고 마감에 성공하거나 실패한다. 예술가로서 성공하고 정작 예술에서는 실패한다. 일에는 목표가 있고 그 목표와 관련하여 우리에게 주어지는 가능성은 거기 도달하느냐 못 하느냐의 두 가지뿐이다. 가혹하지만 사실이 그렇다. 그러나 이럴 때 우리는 사태의 한쪽 면만을 보는 것이다. 그 반대쪽에는 목표를 향해 다가가는 과정이 있다는 것을 잊는 것이다.

만약 성공과 실패로부터 자유롭고자 한다면 우리는 목표를 버리고 과정에 집중해야 한다. 인생을 하루하루 새로운 경험과 깨달음으로 채워간다는 단 하나의 목표를 제외하고 다른 목표들을 버리는 것이다. 50대 후반에 들어선 나의 옛 친구들은 이제 상당수가 이런 경지에 들어선 것 같다. 그들은 주말 등산에 열심이고 매달 한 번씩 종로3가에 있는 당구장에 모여 시합을 한다. 더 이상 뭔가를 '생산'하지 않는 그들은 아직도 할 일이 있는 나를 부러워한다. 그러나 나는 그들에게서 배워야 한다. 성공과 실패를 넘어서 목표가 아닌 과정에, 실패할 수 없는 일에 집중하는 법을. ●

「비행」, 종이에 연필, 21×30cm, 2013

동시대라는
감옥

시대는 우리에게 강요되는 많은 것들의 이유이다. 정치적 혁명이든 예술적 혁신이든 아니면 새 전자 제품이든, 우리가 그것으로 인한 삶의 변화를 받아들여야 하는 이유는 언제나, 그것이 우리에게 보다 나은 미래를 가져다준다는 것이다. 미래는 이미 우리 앞에 와 있고, 시대의 요구에 답하는 것은 우리의 일이고 운명이다. 그것을 받아들임으로써 우리는 동시대에 소속된다. 여기에는 선택의 여지가 별로 없다. 무리에서 쫓겨나는 것을 두려워하는 짐승과 마찬가지로 우리는 시대로부터 버림받는 것이 두렵다.

이런 상황을 피하는 한 가지 방법은 스스로 새로운 시대를 선점하는 것이다. 그러려면 남보다 먼저 받아들이고 남보다 먼저 버려야 한다. 끊임없이 어제를 버리고 그 빈자리에 내일을 채워 넣는 것이다. 습관과 취향, 필요하다면 신념과 기억까지, 짐이 될 만한 것은 무엇이든 포기할 수 있어야 한다. 과거 모더니스트들이 가졌던 미래에 대한 과도한 기대도 내려놓아야 한다. 이렇게 우리는 계속 유효기간을 연장하면서 현재에 머물 수 있다. 다만 그곳이 동시대라는 이름의 거대한 감옥이라는 것을 알아야 할 것이다. ●

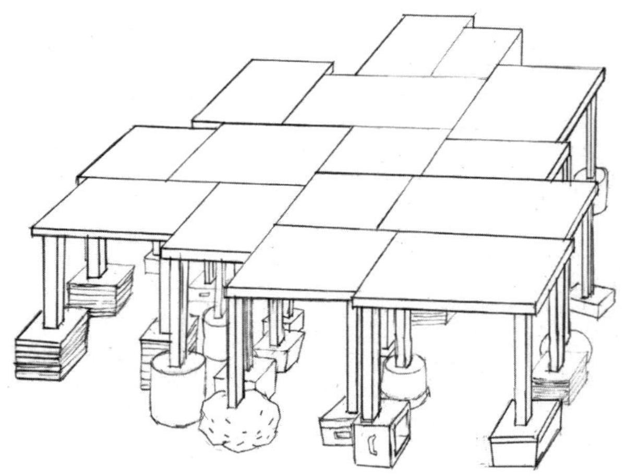

AHN

「단 하나의 책상」, 종이에 연필, 20×30cm, 2013

단 하나의
책상

수십 개의 책상을 모아서 커다란 하나의 책상을 만든다고 상상해본다. 먼저 주변에서 탁자, 식탁, 소반, 테이블, 작업대, 데스크 등등의 이름으로 불리는 것들을 무작위로 수집한다. 책상의 크기와 재료, 용도와 디자인은 다양할수록 좋다. 필요하다면 중고 가구점, 벼룩시장, 재활용센터 같은 곳에서 형태만이 아니라 사연도 제각각인 책상들을 어렵지 않게 구할 수 있다. 누군가가 글을 배우고 숙제를 하고 둘러앉아 식사를 하고 일을 하고 내일의 계획을 세우던 그 책상들은 이제 버려졌지만, 아직 세상 밖으로 완전히 밀려나지 않은 채 무언가를 기다리고 있다. 그것들을 임박한 소멸의 운명으로부터 구해내 하나의 미술품으로 다시 살게 하는 것은 이 작업의 첫 번째 미덕이라 하겠다.

　책상의 공통점은 상판의 평평한 윗면에 있다. 모든 책상은 이 평면을 각각의 정해진 높이로 떠받치고 유지하는 일에 종사한다. 우리가 이들을 가지고 하려는 것은, 수십 개의 책상으로 하나의 책상을 만드는 것, 달리 말해서 이 책상들의 윗면을 매끄럽게 이어지는 단일한 평면으로 만드는 것이다. 그렇게 하려면 각각 다른 이 책상들의 높이를 일정하게 조정해야 한다. 그림에서처럼 일상의 평범한 물건들을 받침대로 쓰는 것도 하나의 방법이다. 어떻게 하든 이 일에는 적지 않은 시간과 노력이 소요될 것이다. 그 결과, 수십 개의 책상이 마치 스크럼을 짠 군중처럼 하나의 거대한 집단을 이루며 공간을 점거하고 있는 낯선 풍경을 상상해볼 수 있다.

　이것은 결국 거대한 하나의 책상을 만든다는 공허하고 단순한 목표와, 이 일을 수행하는 데 투입되는 복잡한 과정 사이의 메울 수 없는 간극, 그 불균형한 관계에 대한 작업이 될 것이다. 이것은 목표가 사라지고 과정만이 남은 부조리한 세계의 풍경이다. ●

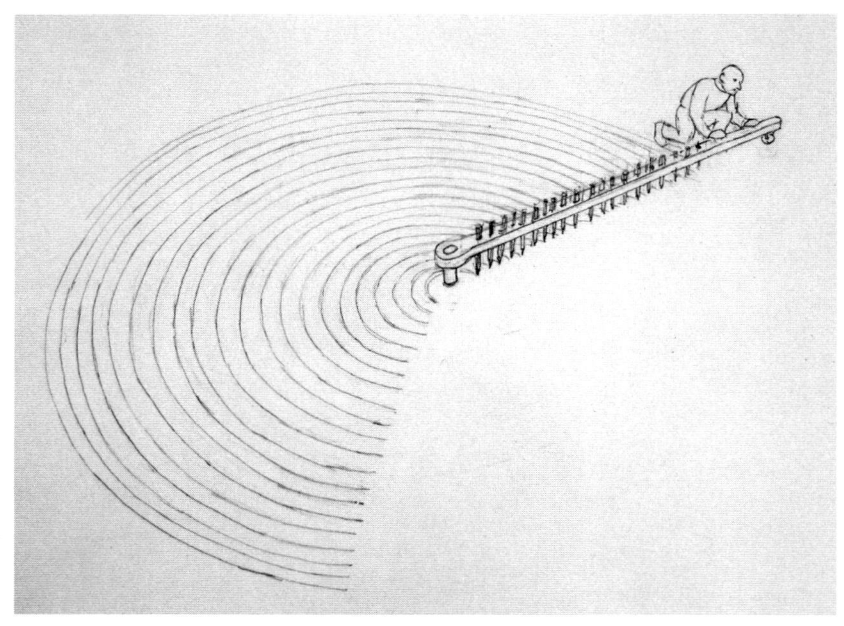

「무지개」, 종이에 연필, 27×36cm, 2013

단 하나의
연필

　　내가 매일 아침 작은 스케치북을 펼쳐놓고 하염없이 무슨 생각이 떠오르기를 기다리며 시간을 보내는 책상 위에는 연필이 지나치게 많았다. 나는 최근에야 이 사실을 알아차렸다. 언제나 한 종류의 필기용 HB 연필만 가지고 고작 한두 페이지를 채울까 말까 한 분량의 글을 겨우 쓰고 스케치를 하는데, 책상 위에는 세 개나 되는 필통 속에 온갖 종류의 연필과 색연필과 볼펜과 사인펜과 형광펜과 매직펜, 그리고 오랫동안 쓰지 않아 잉크가 말라버린 만년필들이 빼곡히 들어 있다. 그것들은 아마 나의 선택을 기다리고 있었겠지만, 오랜 초조한 기다림 끝에 드디어 뭔가를 쓰거나 그릴 만한 것이 머릿속에 떠올랐을 때 나는 정작 그것들에 눈길 한 번 줄 여유가 없었다.

게다가 책상 서랍 속에는 아직 포장을 뜯지도 않은 연필 몇 다스가 더 들어 있고 깊숙이 안쪽으로 밀려 들어가 있는 비스킷 상자 속에는 또 한 무리의 쓰다 만 연필과 파스텔들이 가득하다. 내가 나무늘보와 같은 지금의 속도로 글을 쓰고 드로잉을 한다면 아마 10년이 지나도, 어쩌면 더 이상 쓰거나 그릴 일이 없어지는 날이 오더라도 내게서 이 연필이 떨어지는 일은 일어나지 않을 것이다. 더구나 그것들은 줄어들기는커녕 점점 더 늘어나는 경향이 있다. 화방이나 문구점에 들를 때마다 무슨 습관처럼 몇 자루씩, 어떤 때는 한 다스씩 연필을 사들이고, 어쩌다 손에 닿은 필기도구들은 나도 모르는 사이에 내 주머니 속으로 들어오곤 하기 때문이다.

나는 늘 연필 한 자루로 위대한 예술 작품을 만드는 시인들을 동경해왔는
데, 위대한 예술을 하기에는 내게 연필이 지나치게 많다는 것을 알았다. 그리
하여 나는 오늘 아침에 내가 몇 줄의 사소한 생각을 기록했던 단 한 자루를
제외한 나머지 수십 자루의 연필을 그 기약 없는 기다림으로부터 해방시키기
로 마음먹었다. 어쩌면 내 전 생애의 작업의 가능성을 품은 채 인내하며 침묵
하는 그들을 나는 오늘 내 책상과 서랍 속에서 끌어내어 단 하나의 작품에
쓰기로, 단 하나의 무지개로 피어오르게 하기로 한 것이다. ●

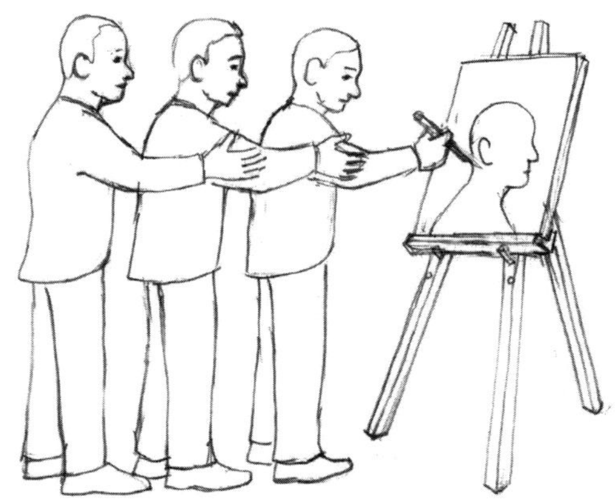

「3인칭의 그림」, 종이에 연필, 21×30cm, 2013

3인칭의
그림

원래 미술에는 3인칭 화법이 없다. 대부분의 그림은 '나는'으로 시작하는 일종의 독백이다. 완성된 그림의 모서리에 서명을 하는 오래된 관습은 이 그림이 '나'의 그림이며, 그것에 대해 내가 권한과 책임을 함께 갖는다는 의미이다. 풍경화든 정물화든 인물화든 모든 그림은, 그런 점에서 그리는 사람의 자화상이기도 하다. 화가가 그림을 그리는 것은 그 결과물과 자신 사이에 유일무이하고 진정한 관계를 축적하는 과정이고, 작품의 가치는 그 관계로부터 나온다.

위작과 표절이 문제가 되는 것은 이 때문이다. 거장의 그림을 복제하는 것은 아마추어의 습작으로는 허용되지만, 그것을 원작이라고 내놓으면 위작이 되고 자기 작품이라고 내놓으면 표절이 된다. 위작 화가는 자신이 그린 복제화에서 자신의 흔적을 지우고 원작자의 서명을 집어넣는다. 반면에 표절 화가는 자신이 그린 복제화에서 원작자의 흔적을 지우고 자신의 서명을 집어넣는다. 둘의 공통점은 그림과 화가의 관계를 조작하여 작품의 가치를 변조하는 데 있다.

그러나 이와는 다른 방식으로 3인칭의 화자를 내세우는 그림들이 있다. 이를테면 전형적인 광고 삽화의 화풍을 가져다가 자신의 초현실적 상상을 담아

낸 마그리트 같은 사람의 그림이 그렇다. 위대한 예술가의 손끝에서 섬광 같은 영감과 있을 법하지 않은 우연이 만나서 빚어지는 영웅적인 예술 작품이 아니라, 소심함과 겸손함, 자신의 개성과 재능에 대한 회의를 솔직히 드러내며, 망설이고 지워지고 다시 그려지는 그림. 내면에서 분출하는 주체할 수 없는 예술적 열정을 거리낌 없이 내보이는 예술가의 그림이 아니라, 그림의 뒤편으로 화가 자신이 말없이 사라지기를 바라는 그림. 내가 HB 연필과 지우개로 그려내는 드로잉은 이런 부류의 그림에 가깝다. 그것은 아무 개성이 없는 익명의 화가인 '그'가 나를 대신해서 그리는 3인칭의 그림이다. ●

「돌의 종류」, 종이에 연필, 25×30cm, 2013

돌의 종류

조각을 전공한 사람으로서 나는 예전에 수석壽石 취미를 가진 사람들이 내심 못마땅했다. 기이한 모양의 돌을 주워 제멋대로 이름을 붙이고 애지중지 떠받드는 취미 활동을 예술의 반열에 올리는 것은 아무래도 부당하다고 생각했다. 자기 손으로 직접 작품을 만드는 것이 아니라 이미 있는 것을 찾아서 선택할 뿐인 그들이 조형적 형태와 의미를 논하며 예술가 행세를 하려 드는 것은 진지한 조각가들을 모독하는 것처럼 보였다. 그러나 공장에서 생산된 소변기에 제목을 붙여 전시회에 출품한 뒤샹 이래, 남이 만든 것으로 내 작품을 만드는 이른바 '레디메이드'가 광범위하게 통용되는 지금, 유독 자연에서 형태를 가져다 쓴다는 이유만으로 그들을 비난할 수는 없게 되었다.

　돌에는 세 가지 종류가 있으니, 첫째는 불에 의한 것이고, 둘째는 물과 바람에 의한 것이고, 셋째는 압력에 의한 것이다. 화산의 용암이 굳어진 것을 화성암이라 하고, 모래와 진흙과 석회 같은 작은 입자가 쌓이고 쌓인 것을 퇴적암이라 하고, 이들이 다시 열과 압력에 의해 원래의 성질이 변한 것을 변성암이라 한다. 화성암이 변하면 편마암이 되고, 퇴적암이 변하면 대리석이 된다.

　그러므로 돌이라는 이름으로 불리는 뭔가가 되려면 뜨거운 불의 단련을 거치거나, 물과 바람에 부대끼며 기약 없는 유랑의 시간을 거치거나, 아니면 태산의 무게에 짓눌리는 인내의 시간을 통과해야만 한다. 지옥의 불 속에서 마그마가 되어 끓어 넘치거나, 물과 바람 속에서 산산조각으로 부서져 형체 없는 가루가 되어 쌓이거나, 아니면 저 깊은 지하의 어둠 속에 갇혀 절망에 짓눌려본 적이 없이는 돌이 될 수 없다. 그러니 조약돌 하나도 하찮은 것은 없다. 지천에 널려 있는 저 무수한 돌들은 모두 우리 조상들의 나이 전부를 합친 것보다 오랜 무자비하고 혹독한 세월을 건너 저 태초의 시간으로부터 나에게 전해지는 일종의 신탁神託 같은 것이다. 예술가가 되려는 사람은 돌의 침묵과 무심함을 배워야 한다. 저 깊은 바다 밑바닥의 캄캄한 어둠 속에서 영롱한 구슬을 만들어내는 진주조개처럼 돌이 되는 법을 배워야 한다. ●

5

아직 쓸어야 할 마당

「먼지 자화상」, 하드보드, 양면테이프, 먼지, 20×30cm, 2003

먼지
드로잉

미술가들이 자신의 재능과 예술적 성과에 대해 끊임없이 조바심을 하고 있다는 것은 공공연한 사실이다. 쓸 만한 아이디어가 하나도 떠오르지 않고, 이제까지 해온 작업이 보잘것없게 여겨지고, 다시 새로운 작업을 시작할 용기가 없을 때 그들은 이것이 어쩌면 자신에게 다가오는 작가적 죽음, 또는 예술적 치매의 시작일지 모른다는 두려움을 느낀다. 그러나 이런 두려움을 남에게 솔직하게 고백하는 사람은 거의 없다. 여기 소개하는 먼지 드로잉은 내가 미술가로서 아무 일도 하지 않더라도 매일같이 무언가가 나로 인하여, 그리고 나를 위하여 창작되고 있다는 믿음과 위안을 제공함으로써, 이 같은 불안에서 벗어날 수 있도록 고안된 것이다.

　적당한 크기의 하드보드 위에 양면테이프를 이용해 원하는 도형 또는 문자의 형태를 부착한다. 이 그림처럼 간단한 자화상을 만들 수도 있고 원한다면 훨씬 더 복잡한 그림을 그릴 수도 있다. 양면테이프를 원하는 형태로 오려내어 하드보드 위에 붙이고 테이프의 껍질을 벗겨 접착면이 노출되도록 한다. 이 하드보드의 한쪽 구석에 작업을 시작하는 날짜를 표기하고 집 안에서 통상 먼지가 가장 많이 쌓이는 곳에 둔다. 책상이나 침대 밑같이 눈에 잘 띄지 않고 손길이 잘 닿지 않는 곳이 좋을 것이다. 집 안의 청결도에 따라 차이가 있으나, 대략 한 달 정도 놓아두면 접착면에 들러붙은 먼지로 만들어지는 형상을 대략 식별할 수 있게 된다. 그 상태가 계속되어 원했던 형상이 뚜렷이 드러나고 테이프의 흔적이 사라지면 작품이 완성된 것이다. 이 작업에 필요한 것은 서두르지 않고 묵묵히 때를 기다리는 인내심 외에는 아무것도 없다.

　이 방법으로 무엇을 그릴지는 자유롭게 선택할 수 있으나, 여기서처럼 자신의 얼굴 모습을 표현하는 것으로 시작해볼 수 있다. 먼지로 그려진 자신의 모습……. 자신의 피부와 의복과 호흡과 내뱉은 말과 의미가 되지 못한 한숨 또는 외마디의 탄성에서 떨어져 나온 미세한 편린들이 모여서 다시 자신의 모습으로 되살아난다는 것은 생각해보면 얼마나 놀라운 일인가? 그것은 또한 우리가 결국 우주의 티끌에 불과함을 보여줌으로써 우리를 조금 더 겸손하게 만들어줄 수도 있을 것이다.

아무리 중요한 의미가 있는 말이라도 반복되면 점점 그 의미를 잃는 것과 똑같은 이치로, 무의미해 보이는 사소한 일들이 끊임없이 거듭됨으로써―여기서처럼 미세한 먼지가 하나씩 쌓임으로써―하나의 의미가 될 수 있다는 것을 누구나 이 작업으로 경험할 수 있다.

지적이고 건조한 취향을 가진 사람이라면 예를 들어 테이프로 '먼지'라는 단어를 오려 붙일 수도 있겠다. 그리하여 표현 매체와 표현 내용이 완벽하게 일치하는 전형적인 개념미술 작품을 만들 수도 있다. ●

「나무가 되기」, 종이에 펜, 21×29.7cm, 2011

변 신

사람은 끊임없이 무엇인가가 '되는' 존재다. 아이는 커서 어른이 되고 누군가의 연인이 되고 누군가의 기억이 되고 점점 희미해지는 하나의 흔적이 된다. 내가 나 아닌 다른 존재가 되는 이 변화는 매일같이 우리가 알아차릴 수 없을 정도로 느리게 진행되지만, 어떤 결정적인 사건과 함께 한 순간에 일어날 수도 있다. 어떤 식이든 우리는 계속해서 무언가가 되는 것을 피할 수 없다.

사람들이 아이들에게 나중에 커서 무엇이 되고 싶으냐고 자꾸 묻는 것은 이 때문이다. 돌잔치에서 이미 아이의 장래를 알아내려 든다. 말썽을 피우는 녀석들은 '커서 뭐가 되려고 그러느냐'며 야단을 맞는다. 그러나 아이들이 무슨 수로 이런 질문에 답을 하겠는가? 어른이 되면 무엇이 되고 싶은지, 무엇이 될 수 있을지를 그들이 어떻게 알겠는가? 아이들은 오히려 아무것도 되지 않고 지금 그대로 있고 싶을 것이다. 아니면 그저 이런 어리석은 질문을 더 이상 받지 않기 위해서 빨리 어른이 되기만을 바랄지도 모른다.

하지만 결국 사람은 무엇인가가 된다. 되고 싶었던 대로 되기보다는 그렇게 되지 않는 경우가 더 흔하다. 능력이나 노력이 부족하고 운이 없었던 탓도 있겠지만, 더 근본적으로는 사람들이 소망하는 것의 합계가 지상에서 이루어질 수 있는 것의 총량을 훨씬 초과하기 때문이다. 그런데도 많은 사람들은 거의 똑같은 것이 되기를 원한다.

최근에 시작하게 된 이 작업은 이러한 변신의 다른 가능성에 관한 것이다. 나는 우선 나무가 되어보기로 했다. 인간의 몸으로 나무가 되기가 쉬울 리는 없다. 무엇보다도 인내하고 기다리고 침묵하는 식물의 미덕을 배워야 한다. 한 줄의 문장을 한나절 걸려서 읽고 마음의 힘으로 사물을 들어 옮기는 연습을 한다. 그리하여 언젠가 지평선이 있는 한적한 풍경 속으로 천천히 걸어 들어가서, 해가 뜨고 바람이 불고 구름이 지나가고 노을이 지는 동안 한 그루 나무로 아무런 노여움도 회한도 없이 가만히 서 있어볼 생각이다. 나는 의자가 되고 책상이 되고 문이 되고 사다리가 될 것이다. ●

AHN

「움직이는 산」, 종이에 연필, 21×30cm, 2011

움직이는
산

컨테이너는 사물을 이동시켜서 이윤을 만들어내는 마법의 상자다. 컨테이너에 의해 사물이 다른 장소로 옮겨지는 동안 이윤이 발생하고, 그 이윤은 우리의 생존을 떠받치고 있다. 우리의 삶은 더 많은 사물이 더 많은 컨테이너에 의해 더 빠른 속도로 운송되는 것에 전적으로 좌우된다. 그러므로 컨테이너가 이동을 멈추는 것은 우리에게 최악의 재앙이다. 소말리아 해적에 의해서건 트레일러 파업에 의해서건 우리는 그 재앙을 감당할 수 없다. 이동이 번영을, 정지가 몰락을 의미하는 글로벌 시장경제의 이 세상에서 모든 것은 이윤을 위해 컨테이너에 들어가 옮겨진다. 이러한 순환이 잘 이루어지기만 한다면, 우리는 한곳에 붙박여 있으면서도 지구 반대편에서 생산되는 커피나 와인 따위를 얼마든지 구할 수 있게 되었다. 사물들의 부단한 이동

속에서 심지어는 한 나라의 농업이나 생산업 전체가 통째로 다른 나라로 이전되기에 이른다.

이제 우리 주변에서 컨테이너 안에 들어갈 수 없는 것, 컨테이너에 의한 전 지구적 유통 체계 속에 들어가지 않는 것은 거의 남아 있지 않다. 이동을 거부하고 제자리에 남아 있는 것은 피라미드나 에펠탑 같은 기념비적인 장소, 아니면 산이나 강처럼 더 이상 자연이라고 부르기도 힘든 박제된 자연뿐이다. 이것들은 아직도 시대착오적으로 그 자리를 지키고 서서 관광객들이 자신들에게 이동해 오기를 기다린다. 그것은 정착민들에게 남겨진 마지막 보호구역, 최후의 보루, 지난 시대를 회상하는 추억의 순례지다. 등반가들은 그것들을 '정복'하는 데 목숨을 걸고, 관광객들은 그곳에 가서 기념사진을 찍어 집에 보관하고 소비하는 것을 인생의 중요한 목표로 삼는다.

이 작업은 여전히 컨테이너로 들어가기를 거부하는 산을 컨테이너용으로 재현한 것이다. 스위스와 이탈리아 국경에 있는 스핑크스 모양의 바위산 마터호른은 전 세계적으로 등반 사고 사망률이 가장 높은 산 중 하나라고 한다. 이곳에 오르거나 내려오다가 사망한 사람이 이제까지 집계된 것만 5백 명이 넘는다.

이것은 옮겨 다니는 산, 장소와 분리된 떠돌이 산이다. 이것은 산도 옮길 수 있는 우리의 능력을, 산도 옮길 수밖에 없는 우리 삶의 조건을 확인하고, 모든 것이 흘러가는 세계, 비빌 언덕이 없는 세계, 완벽하게 글로벌화된 세계를 앞당겨 구현하고 있다. 관람객에게 이 가짜 산은 사진 촬영의 배경이 될 수 있다. 등반가들의 희생을 줄이고 관광객들의 노고를 줄여주는 것은 이 작업의 부수적 효과라 할 수 있다. ●

「양과 늑대」, 종이에 먹, 26×40cm, 2011

양의 탈을 쓴 늑대
늑대 탈을 쓴 양

　　　　　양의 탈을 쓴 늑대가 먹을 것을 찾아 들판을 헤매다가 늑대의 탈을 쓴 양을 만났다. 양의 탈을 쓴 늑대는 자신이 양의 탈을 쓰고 있는 것을 깜빡 잊고 무심코 늑대의 탈을 쓴 양에게 다가가 인사를 건넸다. 늑대의 탈을 쓴 양도 자신이 늑대의 탈을 쓰고 있는 것을 깜빡 잊고 무심코 양의 탈을 쓴 늑대의 인사를 받았다. 양의 탈을 쓴 늑대와 늑대의 탈을 쓴 양은 잠시 서로를 물끄러미 바라보았다.

　그러나 다음 순간 늑대의 탈을 쓴 양은 뭔가 잘못되었다는 것을 깨달았다. 늑대의 탈을 쓰고 있는 자신을 본 양이 혼비백산해 달아나기는커녕, 아무렇지도 않게 다가와 인사를 건넨 것이다. 자신이 진짜 늑대로 보였다면 이럴 수는 없었을 것이다. 그러니까 상대는 이미 자신이 늑대의 탈을 쓴 양이라는 것을 알아차렸을 것이다. 자신의 정체가 너무 쉽게 드러나버렸다는 생각에 늑대의 탈을 쓴 양은 기분이 상했다.

바로 그 순간 양의 탈을 쓴 늑대도 뭔가 잘못되었다는 것을 깨달았다. 양의 탈을 쓰고 있는 자신을 본 늑대가 날카로운 이빨을 드러내며 달려들기는커녕, 아무렇지도 않게 자신의 인사를 받아준 것이다. 자신이 진짜 양으로 보였다면 이럴 수는 없었을 것이다. 그러니까 상대는 이미 자신이 양의 탈을 쓴 늑대라는 것을 알아차렸을 것이다. 자신의 정체가 너무 쉽게 드러나버렸다는 생각에 양의 탈을 쓴 늑대는 기분이 상했다.

그때 늑대의 탈을 쓴 양과 양의 탈을 쓴 늑대는 자신들이 아주 곤란한 상황에 처했다는 것을 알았다. 지금이라도 자신의 본색을 털어놓는다면 어설픈 변장으로 남을 속이려 한 멍청이라고 비웃음을 살 것이고, 털어놓지 않는다면 끝까지 남을 속이려 드는 사기꾼이라고 비난을 받을 것이다. 멍청이가 되기도 싫고 사기꾼이 되기도 싫었던 양의 탈을 쓴 늑대와 늑대의 탈을 쓴 양은 망설이며 잠시 서로를 물끄러미 바라보았다.

바로 그때 지평선 너머에서 총을 든 사냥꾼이 나타났다. 늑대의 탈을 쓴 양과 양의 탈을 쓴 늑대를 발견한 사냥꾼은 곧바로 늑대의 탈을 쓴 양을 겨냥해 총을 쏘았다. 사냥꾼은 총소리에 놀라서 양의 탈을 벗어던지고 황급히 달아나는 또 한 마리의 늑대를 겨냥해 다시 총을 쏘았다. ●

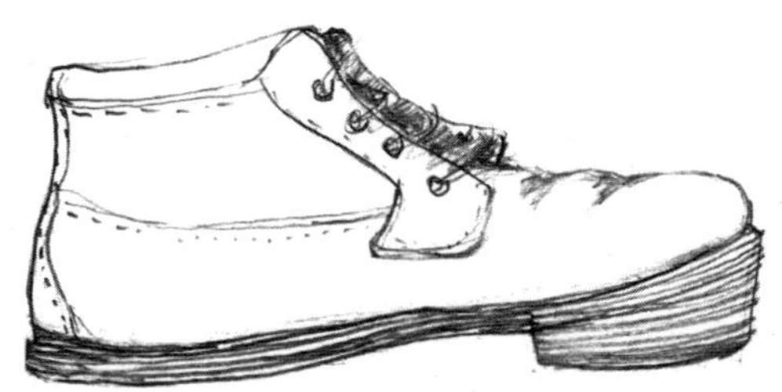

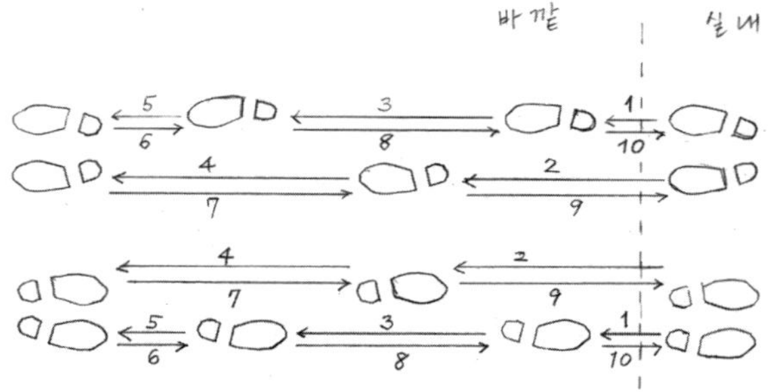

「뒤로 걷는 구두」, 종이에 연필, 39×55cm, 2012

뒤로 걷는
구두

이것은 겨울이 오면 하기로 계획한 몇 개의 연작들 중 첫 번째 작업이다. 겨울의 얼음과 눈을 이용한 실없는 장난 같은 이 작업들에 '얼어붙은 농담'이라는 제목을 붙였다.

겨울이 오기 전에 낡은 구두 한 켤레를 골라 뒤로 걷는 구두를 만든다. 구두 밑창을 뜯어내고 앞축과 뒷굽의 방향을 바꿔 다시 붙인다. 왼쪽 밑창이 오른쪽 구두에, 오른쪽 밑창은 왼쪽 구두에 붙게 된다. 평소에 신던 구두와 달리 뒤꿈치가 낮아서 익숙해지기 전까지는 걷기가 다소 불편할 것이다. 눈이 오기 전에 틈틈이 이 구두를 신고 뒤로 걷는 연습을 해둔다.

눈이 오면 구두를 신고 밖으로 나가 눈 위를 걸으면서 바닥에 새겨지는 자신의 발자국을 관찰한다. 뒷걸음질을 칠 때는 진행 방향을 향해 제대로 된 발자국이, 앞을 향해 걸을 때는 뒷걸음질 치는 발자국이 당신을 따라오게 될 것이다. 이 과정 자체를 작업이라고 주장할 수도 있겠으나, 가능하면 사진이나 영상으로 기록을 해두는 것이 좋다.

이 간단한 트릭을 이용해서 출발했던 지점이 도착 지점으로 되거나, 눈밭 한복판에서 종적 없이 사라져버리거나, 어디선가 느닷없이 시작되는 발자국들을 만들 수 있다. 추적자를 따돌리고 과거와 현재를 뒤섞거나 뒤집을 수 있다. 과거를 지울 수도 있고 과거 속으로 달아날 수도 있다. ●

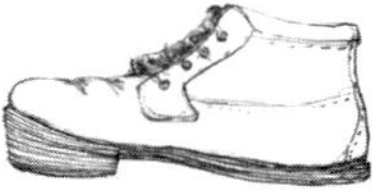

AHN

「행위예술가」, 종이에 펜, 20×30cm, 2012

행위예술가

나는 행위예술가가 아니다. 나는 작업의 결과물을 보여주는 사람이지 나 자신을 보여주는 사람이 아니다. 나는 사람들 앞에 나서기를 싫어하고 웬만하면 혼자 있기를 좋아하는 편이다. 그래서 미술을 하는 것이 다행이라고 생각해왔다. 그러니 근래에 와서 행위 자체가 작업이 되는 퍼포먼스의 아이디어가 자꾸 떠오르는 건 이상한 일이다. 아마도 이것들은 관객이 없는 곳에서 진행되거나 아예 실현되지 않는 계획으로만 남을 것이다. 다음은 그중에서 읽기와 쓰기와 관련된 것들이다.

1. 어떤 문장 하나를 음절로 분할하여 아주 천천히 읽는다. 연습을 거듭해서 한 문장을 한나절 걸려서 읽는 경지까지 가본다. 단어와 단어, 음절과 음절 사이에 끼어드는 침묵이 점점 길어지면 어느 시점부터 그것은 어떤 의미도 운반하지 않는 무의미한 소음이 될 것이다. 그렇게 문장이 사라지는 동안 무슨 일이 일어나는지 인내심을 갖고 지켜본다.

2. 책상에 앉아서 무슨 글인가를 쓰는데, 매번 한두 줄 쓰다 말고 종이를 구겨서 구석에 있는 휴지통을 향해 던진다. 그러나 휴지는 번번이 휴지통 밖으로 떨어지고, 시간이 갈수록 방 안 가득 구겨진 종이가 쌓인다. 글이 되는 데 실패하고 휴지로 버려지는 데도 실패한 문장들이 웅성거리는 군중처럼 방 안을 가득 채운다.

3. 바닷가에 노점 좌판을 펼쳐놓고 지나가는 사람들에게 유리병과 종이를 판다. 이 시대착오적인 노점상은 사람들이 아직도 저 멀리 바다 건너에 있는 누군가에게 도달할 병 속의 편지를 쓰고 싶어 할 거라고 생각한다. ●

「안부」, 종이에 펜, 20×30cm, 2012

나는 괜찮아,
아이 엠 오케이

이것은 2012년 11월에 대구의 한 전시회에 냈던 야외 작품의 스케치다. 낮 동안 햇빛을 받아서 만들어지는 전기로 저녁에 LED 전구에 불이 켜지면 유유히 흐르는 낙동강을 배경으로 'I am OK'라는 문장이 나타난다. 아이 엠 오케이. 나는 괜찮아. 잘 지내. 나쁘지 않아. 됐어…….

누가 누구에게 하는 말인지, 그리고 무엇에 대해서 오케이라는 것인지를 알려주지 않는 채 불쑥 던져지는 이 말은 모호하고 공허하게 들린다. 관객은 이 비어 있는 문장을 각자 나름대로 읽을 것이다. 그것은 강이 우리에게 하는 말일 수도 있고, 흐르는 강물처럼 지나간 시간에 누군가가 남긴 안부일 수도 있고, 또 우리 자신이 스스로에게 무심코 내뱉는 중얼거림일 수도 있다. 아무 문제 없어. 잘되고 있어. 걱정할 거 없어. 그러니 날 좀 그냥 놔둬줘……. 이 문장을 입안에서 중얼거리며 우리는 전혀 오케이가 아닌 상황을 생각한다. 여기에는 거부와 단절의 의지가 담겨 있다. 세상은 문제로 가득하지만, 그래도 나는 괜찮아. 아무 일 없이 잘 지내. 당신의 배려는 고맙지만 받고 싶지 않아…….

그것은 「우리는 행복해요」라는 박이소의 대형 간판이나 가수 장기하의 「별일 없이 산다」는 노래 가사처럼 역설적으로 이런 상태에 대한 회의와 반성을 일깨운다. 흐르는 강 앞에서 던져진 이 메시지는 내가 정말 이대로 오케이인지, 만약 그렇다면 나 아닌 다른 것들은 어떠한지를 되묻는다. 그것은 당신은 괜찮으냐는 질문이 되는 것이다. ●

I am OK

새로운
삶

　　핸드폰을 바꾸라는 전화가 핸드폰으로 걸려 온다. 지금 쓰고 있는 것도 충분히 스마트한데 더 스마트한 모델이 새로 나왔다는 것이다. 돈은 더 낼 필요가 없고 오히려 '혜택'을 더 주겠다고 한다. 그 혜택이란, 말하자면 새것을 갖기 위해 헌것을 가차 없이 내다 버리는 비정함에 대한 보상일 것이다. 아무리 공장에서 만들어졌어도, 분신처럼 몸에 지니고 다니며 어느새 내 삶의 일부가 된 것을 버리는 데는 일말의 죄책감이 따른다. 전화를 걸어온 쪽은 바로 이 점을 잘 알고 있고, 정확히 그것을 상쇄할 만큼의 보상을 제시한다.

그래서 결국 멀쩡한 핸드폰을 버리고, 몇 년 쓰지 않은 컴퓨터를 바꾸고, 진공청소기 대신 청소로봇을 들여놓는다. 우리는 익숙한 현재를 버리고 미래로 달려갈 준비가 되어 있다. 더 나은 삶은 항상 이곳이 아닌 저 너머에 있고, 오늘은 내일로 가기 위해 빠르게 통과해야 할 임시 거처일 뿐이다. 언제든 기회가 있으면 우리는 이보다 더한 것도 바꿀 수 있다. 새 차, 새 집, 새로운 인생……

그러나 오늘 새로운 것은 내일 진부하고 상투적인 것이 된다. 그 순환의 속도가 빨라지고 새로움의 유효기간은 점점 짧아진다. 문제는 새것으로서 시효가 지난 것들이 급속히 늘어나는 반면, 같은 속도로 사라져주지는 않는 데 있다. 한때 희망이고 약속이었던 그것들은 우리의 서랍과 선반과 창고를 가득 채우며 오랫동안 우리 주변에 머문다. 그것들의 야유와 탄식, 웅성거리는 소음 속에서 우리는 다시 또 다른 새로움을 소비한다. 중요한 것은 새로운 삶 자체가 아니라, 우리가 아무 일도 일어나지 않는 현재를 견딜 수 없어 한다는 사실일지 모른다. ●

「그림의 속도」, 종이에 연필, 19×30cm, 2013

그림의
속도

그림 그리는 속도가 너무 느려서 고민인 화가가 있었다. 그는 매우 신중한 사람이어서 무엇을 그릴지 결정하는 데도 상당한 시간이 필요했다. 그런 다음 그림의 대상이 정해지면 스케치북을 펼쳐놓고 조심스러운 손놀림으로 그림을 그리기 시작했다. 문제는 그가 달팽이처럼 느린 속도로 그림을 그리는 사이에 대상의 모습이 끊임없이 변한다는 것이었다. 이 일은 주로 그가 그림을 그리기 위해 스케치북이나 캔버스를 들여다보고 있을 때 일어났다. 그림에서 눈을 떼고 다시 고개를 들어 대상을 바라보면 사물들은 마치 아무 일도 없었다는 듯 이전의 정적 속으로 돌아갔지만, 방금 그가 보고 그림 속에 옮기려 했던 모습은 이미 사라지고 없었다.

사물들이 변화하는 속도가 점점 빨라져서 이제 그의 그림 그리는 속도로는 도저히 그것을 따라잡을 수가 없었다. 예를 들어 풍경화를 그리기로 하고 아침부터 서둘러 붓을 들면 그림의 구도를 겨우 잡을 무렵에는 이미 밤이 되었다. 실내에서 꽃을 그리기로 하고 소묘를 시작하면 곧바로 꽃잎이 시들고 떨어지기 시작했다. 세잔처럼 사과를 그리기로 하고 물감을 섞으려 하면 어느덧 사과가 짓무르고 썩기 시작해서, 사과의 윤곽을 그릴 때쯤에는 이미 검은 반점이 사과를 절반도 넘게 뒤덮었다. 그러니 인물을 앉혀놓고 초상화를 그린다는 것은 상상만 해도 끔찍한 재앙이 될 터였다. 그가 그리기로 마음먹은 사물들은 하나같이 그의 시선에 붙들리지 않기 위해 쏜살같이 달아나고 있었다. 그는 자신이 더 이상 어떤 그림도 완성할 수 없으리라는 것을 알았다. ●

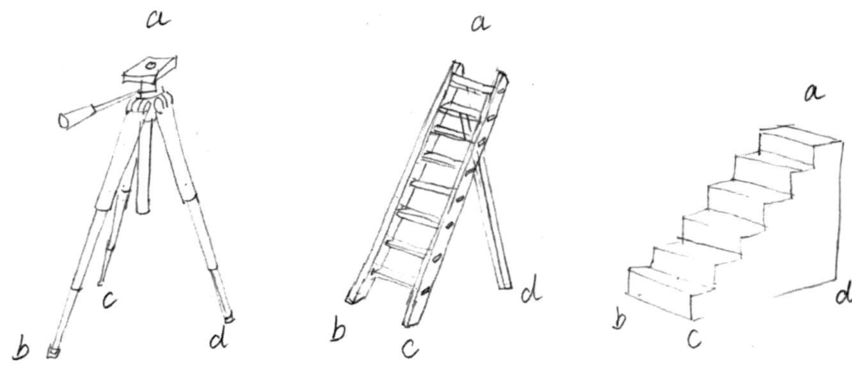

「타협의 조건」, 종이에 연필, 20×29.7cm, 2013

삼각대

삼각대를 보면 우리가 어떤 세계에 살고 있는지를 알 수 있다. 만약 우리가 어떤 물체를 들어 올려 공중의 임의의 지점 a에 고정시키려 한다면 적어도 세 개의 서로 다른 지점 b, c, d를 바닥에 고정시켜야 한다. 세 개를 주고 한 개를 겨우 얻는 것이 이 거래의 법칙이다. a의 높이만큼 b, c, d의 간격을 넓혀야 하고 이들 세 지점 사이의 거리를 동일하게 유지해야 한다는 것도 이 타협의 조건이다. 만약 이 약속이 깨지면 a는 곧바로 바닥으로 추락한다. 거래 상대방인 중력은 마치 이런 때가 오기만을 기다렸다는 듯이 가차 없이 a를 바닥으로 떨어뜨린다. 그리고 이 추락으로 인해 우리가 얻게 되는 피해는 중력과의 약속을 위반한 것에 대해 덤으로 주어지는 가혹한 벌이다.

중력이 지배하는 이 세계에서 위로 올라가는 것은 이미 체제에 대한 도전이고 불경이다. 산에 오르는 길에는 도처에 추락의 위험이 도사리고 있다. 계단을 오를 때 잠깐 방심하면 언제든지 균형을 잃고 넘어져 아래로 굴러떨어지는 사고를 당할 수 있다. 우리의 외부 세계는 높은 곳을 향하는 우리를 어떻게든 낮은 곳으로 돌려보낼 궁리를 하면서 우리가 잠깐 한눈을 팔거나 발을 헛딛는 순간을 노린다. 이 적대적인 세계 위에서 넘어지지 않으려면 나무처럼 온몸으로 땅을 움켜쥐거나 바위처럼 이미 넘어져 있어야 한다. 그러나 나무가 되거나 바위가 될 수 없기 때문에 우리는 삼각대를 사용하는 것이다. ●

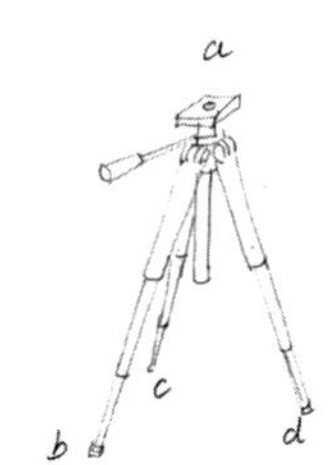
a
b
c
d

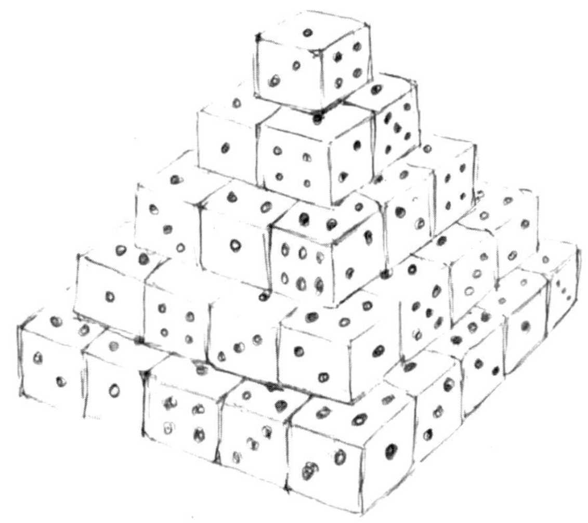

「피라미드」, 종이에 연필, 21×29.7cm, 2013

주사위는
던져졌다

주사위는 원래 우리가 해야 할 선택을 땅에게 떠넘기기 위한 도구이다. 우리가 주사위를 던질 때마다 땅은 어김없이 여섯 개의 숫자 중 하나를 골라준다. 주사위를 던지는 사람은 삶의 불확실성 앞에서 신앙이나 이성에 기대는 것이 아니라, 불변하는 가장 근원적인 이치, 공중에 던져진 것은 반드시 땅으로 추락한다는 중력의 법칙에 기대어 자신의 운명을 우연에 내맡긴다(물론 어떤 이들은 이것을 확률이라는 다른 이름으로 부를 것이다). 그러나 주사위가 바닥에 떨어지며 우리에게 정해주는 하나의 숫자를 받아들일 때, 우리는 수많은 다른 선택의 가능성이 있다는 생각을 비웃으면서 우리에게 주어진 선택이란 오로지 주사위를 던지고, 나 아닌 다른 존재가 정해주는 결정에 따라 게임에 참가하거나 참가하지 않을 권리밖에 없음을 확인한다.

　이제 많은 시간이 지난 뒤에 비로소 나는 내 삶의 많은 것들이 나의 의지나 노력이나 재능이 아니라 우연한 사건들과 사소한 말과 무심한 행동들, 그리고 종종 경솔한 판단들에 의해 정해져왔음을 본다. 그리고 나와 관련된 이보다 훨씬 더 많은 일들이 내가 알 수 없고 나와 전혀 무관한 곳에서 일어났다는 것을 안다. 나도 모르는 사이에 수많은 주사위가 던져지고 어쩌다 손에 들어온 인생의 책장을 펼치며 우연에 의탁해왔다는 것, 그래서 많은 것이 회한으로 남게 되었다는 것을 이제야 문득 깨닫는 것이다. ●

「새벽의 마당」, 종이에 연필, 21×29.7cm, 2013

아직 쓸어야 할
마당

글은 연속되는 선으로 이루어진다(컴퓨터 자판을 누르며 글을 쓸 때는 이 점을 인식하기가 어렵다). 그것은 다름 아닌 글 쓴 사람의 생각이 걸어간 궤적이다. 글이 이루는 선은 띄어쓰기와 쉼표로 인해 끊기기도 하지만, 이때의 끊김이란 다음 발걸음을 내딛기 전의 멈춤과 같이, 다음에 올 단어와 문장으로 이어지는 보이지 않는 침묵의 선일 뿐이다.

하나의 문장을 이루는 연속적인 선은 지진계의 바늘이 기록하는 파도 모양의 주름처럼 높낮이와 굴곡에 의해서 글 쓰는 사람의 생각을 실어 나른다. 어떤 것은 격렬하게 어떤 것은 미세하게 어떤 것은 완만하게 또 어떤 것은 빠르게 진동하면서 헤아릴 수 없이 많은 단어와 문장을 이룬다. 그런데 만약 여기서 굴곡이 없고 떨림이 없이 평탄한 하나의 선이 이어진다면, 그것은 더 이상 의미가 되지 못할 것이다. 그것은 무의미한 소음, 의미로 분절되기를 거부하는 하나의 줄, 운율과 화음이 되기를 거부한 채 자신의 존재와 위치만을 알리는 하나의 음_音이 될 것이다. 멀리서 들려오는 종소리처럼, 수면 위로 퍼져가는 동심원의 파문처럼, 이른 새벽에 누군가가 깨끗이 쓸어낸 마당에 남은 빗자루의 흔적처럼.

　　그것은 문장 속에서 쉼표가 언제 다음 단어로 이어질지 모르는 채 끝없이 이어지는 상태와 같다. 높낮이도 강약도 고저도 없이 혼잣말처럼 입속에서 낭송되는 기도문처럼 그것은 스스로 의미가 되기를 거부한다. 그러나 그것들의 단조로움, 그것들의 침묵은 다시 하나의 의미가 된다. 종을 치면 그 주위의 공기 입자들이 소리를 운반한다. 물에 돌멩이를 던지면 물의 입자들이 동그란

파장을 퍼뜨린다. 싸리비로 마당을 쓸면 흙과 모래 입자들이 움직여서 아직 아무 일도 일어나지 않은 백지상태의, 새벽의 마당을 보여준다. 그것들은 스스로 의미가 아니면서 주위의 것들을 의미로 만든다. 반복되는 단순한 하나의 선은 스스로는 글이 아닌 채로 주변의 것들이 하나의 글이 되게 한다. 묵언수행을 함으로써 흙과 물과 공기를 움직이게 하고 중생을 흔들어 깨운다. 나의 작업은 이러한 상태에 이르기 위해 그 먼 길을 돌아왔던 것일까? 침묵에 이르기 위해 그 많은 말들이 필요했던 것일까? 소리 내어 말하는 것만이 아니라 침묵에도 용기가 필요하다는 것을 알게 되기까지 이처럼 오랜 시간이 걸렸던 것일까? ●

안규철

서울대학교 미술대학에서 조각을 전공한 후 7년 동안 『계간미술』에서 기자로 일했다. 1988년부터 1995년까지 독일 슈투트가르트 국립미술학교에서 수학하던 중 1992년에 첫 개인전을 열면서 미술가로서 본격적인 활동을 시작했다. 이후 아홉 차례의 개인전과 여러 기획 전시회를 통해 일상적 사물과 공간 속에 내재된 삶의 이면을 드러내는 작업을 발표해왔다. 1997년부터 2020년까지 한국예술종합학교 미술원 교수를 역임했다.

서구 현대미술의 체험을 기록한 『그림 없는 미술관』, 사물에 관한 이야기 『그 남자의 가방』, 테이블에 관한 드로잉과 생각을 묶은 『43 tables』을 비롯해 안규철의 내 이야기로 그린 그림, 첫 번째 이야기 『아홉 마리 금붕어와 먼 곳의 물』, 두 번째 이야기 『사물의 뒷모습』, 세 번째 이야기 『그림자를 말하는 사람』, 사유와 평론을 묶은 『모든 것이면서 아무것도 아닌 것』, 미술과 삶, 시대에 던지는 물음표 『안규철의 질문들』 등을 펴냈다. 역서로는 빌렘 플루서의 『몸짓들』, 히토 슈타이얼의 『진실의 색』 등이 있다.

아홉 마리 금붕어와 먼 곳의 물

지은이　안규철
펴낸이　김영정

초판 1쇄 펴낸날　2013년 10월 21일
초판 5쇄 펴낸날　2025년 2월 5일

펴낸곳　(주)현대문학
등록번호　제1-452호
주소　06532 서울시 서초구 신반포로 321 (잠원동, 미래엔)
전화　02-2017-0280
팩스　02-516-5433
홈페이지　www.hdmh.co.kr

ISBN 978-89-7275-681-1 03810

* 책값은 뒤표지에 있습니다.